An Illustrated Treasury of
LATINO READ-ALOUD STORIES

An Illustrated Treasury of

LATINO

Read-Aloud Stories

The World's Best-Loved Stories for Parent and Child to Share

**EDITED BY MAITE SUAREZ-RIVAS
TRANSLATED INTO SPANISH BY ALMA MORA**

ILLUSTRATED BY
Ana López Escrivá, Luis Fernando Guerrero, Margaret Ringia Hart,
Alex Levitas, Ruth Araceli Rodriguez, and Shannon Workman

BLACK DOG
& LEVENTHAL
PUBLISHERS
NEW YORK

Copyright © 2004 Black Dog & Leventhal Publishers, Inc.

Illustrations © 2004 Renaissance House

Published by
Black Dog & Leventhal Publishers, Inc.
151 West 19th Street
New York, NY 10011

Distributed by
Workman Publishing Company
708 Broadway
New York, NY 10003

Manufactured in Thailand

Cover and interior design by Liz Driesbach

ISBN: 1-57912-398-8

h g f e d c b a

Library of Congress Cataloging-in-Publication Data available on file.

Contents

FAIRY TALES AND STORIES

HISTORY

SPANISH-AMERICAN LITERATURE OF MORE RECENT TIMES

Myths and Legends of Pre-Columbian Cultures

The Golden Flower

HOW WATER CAME TO THE WORLD

The Taínos were the first people Columbus encountered in the Americas. They inhabited the Caribbean islands of modern-day Puerto Rico, Cuba, and the Dominican Republic. Columbus asked Friar Ramón Pane to get to know the Taínos, their language, and culture. The Taínos taught the friar about their way of life and beliefs. The Taínos shared with Friar Ramón their view of how the world came into being and how they, the Taínos, came into being. In this myth the Taínos tell of how their island and the sea came to be.

L ong ago, the island of Puerto Rico was called Borinquén. This was the name given to it by the first people who lived there, the Taínos. From time to time, the families in a Taíno village would stop their work and gather together for a celebration called an Areito. All through the night, they would dance and sing. Then young and old would gather in a great circle and listen to stories of magic and wonder, of Taíno heroes, and of how things came to be.

As you read this story, imagine that you, too, are sitting in this magic circle on a warm tropical night. The wind is blowing through the palm trees, the stars twinkle in the sky, and the storyteller begins to weave an ancient myth, a Taíno tale from long ago.

In the beginning of the world, there was no water anywhere on earth. There was only a tall mountain that stood alone on a wide desert plain. There were no green plants. There were no flowers. All the people lived on top of this mountain.

One day, a child went walking on the dry land below the mountain. As he bent down on the ground looking for food, something floated by on the wind. He reached out and caught it in his hand. It was a seed. A small, brown seed. He put the seed into his pouch.

The next day, he went walking, and again found something as it floated by on the wind. It was another seed. Day by day, he gathered these seeds until his pouch was full. It could not hold anymore. And the child said to himself, "I will plant these seeds at the top of the mountain."

He planted the seeds and waited. One morning, a tiny green leaf appeared. The child watched. From under the ground, a forest began to grow high on top of the mountain. All the people came to see. It was a forest of many colored flowers, a magic garden of green leaves and thick branches. The child was happy.

In the middle of the forest, at the foot of the tallest tree, there grew a vine that wrapped itself around the tree. And from that vine grew a flower more beautiful than all the rest. A bright flower with golden petals.

And from that flower, something new appeared in the forest. It looked like a ball. "Look!" cried the child. "Something is growing out of the flower!" As the people gathered around to watch, the ball grew larger and larger, until it became a great yellow globe that shone like the sun. Even as they walked on the dry land far below, people could see it shining on top of the mountain.

One woman said, "If you put your ear next to the ball, you can hear strange noises coming from inside." The people listened. Strange sounds and murmuring could be heard. But nobody knew what was hiding inside. The people were afraid. After that, they all stayed away. Even the child stayed away.

One day, a man walking on the desert plain saw the golden ball. He said, "If that shining ball were mine, I would have the power of the sun. I could light up the sky, or make darkness fall." And he ran toward it, climbing up the rocky mountainside.

On the other side of the mountain, another man saw the shining globe, and he also said, "I want that thing for myself. It will give me great powers." He, too, began

to run. Each one climbed quickly. Each one found a footpath that led to the tree.

They both ran without stopping until they reached the shining globe at the same time. But what they found was not really a ball; it was the fruit of the golden flower: a pumpkin.

The two men began to fight and argue. "It is mine!" said one.

"No, it is mine!" said the other.

Each man grabbed the pumpkin. They pushed and pulled. They pulled and tugged until finally, the vine broke. The pumpkin began to roll down the mountain faster and faster, until it crashed into a sharp rock and burst apart.

Whoosh! Waves of water poured out of the pumpkin. The water bubbled and foamed. The waves began to cover the earth, flooding the desert plain, rising higher and higher.

For it was the sea that had hidden inside the pumpkin. Out came the creatures: whales, dolphins, crabs, and sunfish. All the people ran to the top of the mountain to hide in the forest of green leaves.

"Will the whole earth be covered?" they cried. Higher and higher the waters kept rising, up the sides of the mountain. But when the water reached the edge of the magic forest the little boy had planted, it stopped. The people peeked out from behind the leaves. And what did they see? Small streams running through the trees. A beach of golden sand. And the wide open ocean, sparkling all around them.

Now the people could drink from the cool streams and splash in the rippling waves. Now they could gather fish from the flowing tides and plant their crops. The child laughed and sang as the sun shone down and breezes blew through the green leaves and rustled the brightly colored flowers. Water had come to the earth! And that is how, the Taínos say, between the sun and the sparkling blue sea, their island home—Borinquén— came to be.

La flor dorada

Los Taínos habitaban las islas que hoy conocemos como Puerto Rico, República Dominicana, y Cuba. Fueron los primeros indígenas con que Cristóbal Colón se encontró. Colón le pidió al Fraile Ramón Pane que se acercara a los Taínos y aprendiera su idioma, y costumbres. Los Taínos le enseñaron al Fraile sobre sus tradiciones, y sus creencias religiosas. Además compartieron con él sus ideas sobre muchos de los mitos que explican la creación del mundo, y sobre cómo ellos, llegaron a existir. En este mito los Taínos relatan cómo el mar y sus islas fueron creadas.

Hace muchísimos años a la isla de Puerto Rico se le llamaba Borinquén. Este fue el nombre que le dieron sus primeros habitantes, los Taínos. Ocasionalmente, las familias en las aldeas Taínas paraban de trabajar y se reunían con los demás pobladores para llevar a cabo la celebración a la que llamaban Areito. Durante toda la noche bailaban y cantaban. También, los jóvenes y los adultos se reunían, formando un gran círculo, para escuchar historias de magia, de maravillas, de hazañas de los héroes Taínos y de la Creación.

Mientras lees este libro imagínate que tú también estás sentado en este círculo en una cálida noche tropical. El viento sopla sobre las palmas, las estrellas brillan en el cielo y el narrador comienza a desarrollar un mito ancestral, un antiguo cuento Taíno.

Al comienzo del mundo no había agua en la Tierra. Solamente había una alta montaña en el medio de una llanura desértica. No había plantas. No había flores. Toda la población vivía en lo alto de esta montaña.

Un día, un niño se fue a caminar por la tierra desértica que rodeaba la montaña. Al inclinarse sobre el suelo en la búsqueda de alimentos vio algo que flotaba en el aire y lo tomó en su mano. Era una semilla. Una pequeña semilla de color marrón. El niño guardó la semilla en su bolsa.

Al siguiente día, fue a caminar, y volvió a encontrar algo que flotaba en el aire cerca de él. Era otra semilla. Día a día, el niño continuó recogiendo las semillas hasta que ya no le cabían en el bolso. Entonces el niño se dijo, "Sembraré las semillas en la cima de la montaña."

Sembró las semillas y esperó un tiempo. Una mañana, una pequeña hoja verde apareció. El niño continuó observando. Comenzó a crecer un bosque en la cima de la montaña. Todos los habitantes acudieron a ver lo sucedido. Era un bosque con flores de muchos colores, un jardín mágico de hojas verdes y gruesas ramas. El niño estaba feliz.

En el medio del bosque, al pie del más alto de los árboles, creció una enredadera que se enrolló alrededor del árbol. Y de esa enredadera brotó la más bella de las flores. Era brillante y con pétalos dorados. Y de esa flor, nació algo nuevo nunca visto en el bosque. Parecía una bola. "Miren!" gritó el niño. "Algo emerge de la flor!" Mientras los pobladores se acercaban para observar, la bola crecía y crecía, hasta que se convirtió en un enorme globo amarillo que brillaba como el sol. Incluso cuando caminaban por la tierra desértica, muy lejos, en la parte más baja de la montaña, podían verla brillante sobre la cima. Una mujer comentó, "Si pones el oído cerca de la bola puedes oír extraños ruidos que provienen de su interior." Los habitantes escucharon. Se oían extraños ruidos y murmullos. Pero nadie sabía lo que había escondido adentro. Los pobladores estaban atemorizados y después de ese día no volvieron a acercarse. Ni siquiera el niño volvió a acercarse.

Un día, un hombre que caminaba en la árida llanura vio la bola dorada.

Él dijo, "Si esa bola fuese mía yo tendría el poder del sol. Yo podría iluminar el cielo u oscurecerlo." Y corrió hacia ella escalando la rocosa montaña. Al otro lado de la montaña otro hombre vio la bola brillante, y también dijo, "Yo quiero esa cosa para mí. Me daría grandes poderes." Él también comenzó a correr. Ambos escalaron rápidamente. Cada uno encontró un camino que lo condujo al árbol. Los dos corrieron sin parar hasta que llegaron al mismo tiempo a la brillante bola. Pero lo que se encontraron no era verdaderamente una bola; era la fruta de la hoja dorada: una calabaza.

Ambos hombres comenzaron a discutir y a pelear. "Es mía," dijo uno.

"No, es mía," dijo el otro.

Ambos agarraron la calabaza. Se empujaban y la halaban. Continuaron halando y tirando de la calabaza hasta que ésta se desprendió de la enredadera. Comenzó a rodar cuesta abajo adquiriendo velocidad a medida que se desplazaba. La calabaza se estrelló contra una roca y se hizo pedazos.

¡Upa! Olas de agua brotaron de la calabaza. Las aguas burbujeaban y echaban espuma. Las olas comenzaron a cubrir la tierra, inundando la árida llanura y rebasando a cada momento nuevos niveles.

Era el mar lo que se había escondido dentro de la calabaza. De repente aparecieron los animales: ballenas, delfines, cangrejos, y otros peces. Los habitantes corrieron hacia la cima de la montaña para refugiarse en el bosque.

"¿Se inundará toda la Tierra?" decían a gritos. Los aguas continuaban subiendo por las laderas de la montaña. Pero cuando éstas llegaron al nivel del bosque mágico que el niño había plantado se quedaron tranquilas. Los habitantes atisbaron entre las hojas. ¿Y qué vieron? Vieron que los riachuelos corrían entre los árboles del bosque, una playa de arenas doradas, y un amplio y resplandeciente océano que les rodeaba.

Ya la gente podía beber de los riachuelos y chapotear en las agitadas olas. Ya podía recoger los peces que le traían los cambios de mareas y sembrar sus cosechas. El niño se rió y cantó mientras que el sol alumbraba y los vientos soplaban en los bosques y hacían susurrar las flores de colores radiantes. El agua había llegado a la Tierra. Y así fue como, contaban los Taínos, entre el sol y el resplandeciente océano se creó su isla: Borinquén.

How We Came to the Fifth World

In the First World there were trees and vegetables and fruits. The people walked on the mountains and in the valleys, but they walked their own ways and forgot the ways of the Great Gods.

The Gods became angry. They met on the top of the highest mountain and chose the God of Water to destroy the world. The Water God stood up. His eyes were full of lightning and the winds roared around his head. He looked down at the world below and saw that everyone was lying and stealing and killing. All the people were evil except for one poor woman and one poor man, who were making pulque in their tiny hut.

He strode down the mountain to them.

"Do not be afraid," he said, "but the water will soon pour down this mountain and cover the earth. You must cut down the ahuehuete tree and ride it like a boat over the water. Take a little fire with you and take one ear of corn to plant in the new world." And the good couple did what the God had told them to do.

Then the God returned to the top of the mountain and took up his flag and waved it furiously. The clouds soon covered the earth. The whirling winds came and terrified the people. The rain fell harder and harder. Cities, towns, and fields disappeared and the water covered everything but the highest peaks. The greedy people crowded onto the wooden rafts with everything they owned, but their possessions were so heavy that the rafts began to sink and the people were afraid of drowning.

"If only we were fishes and not humans, we could swim away!" they cried out. And the Gods looked down and said, "So be it! You shall be fishes!" And then there were no more people in the world. There were only fishes.

But the good woman and the good man rode their tree trunk over the flood, carrying the fire high. When the flood dried up, they stepped off their log onto the mountain and started the Second World.

THE SECOND WORLD

In the Second World there were many fishes to eat and the people were happy and did anything they pleased. But soon they forgot the Gods and began to fight over the land and the food. The Gods became angry and chose Quetzalcoatl, God of the Air, to destroy the world.

Quetzalcoatl set out in his cap of jaguar skin and his jacket of white feathers to find one good woman and one good man to be saved. He passed by all the fine houses where the people spoke of lying and stealing and killing. And he stopped in front of a simple hut where the couple inside still remembered the old Gods.

He came in and spoke to them. "Soon the wind will blow from all directions and destroy the world," he said. "Take a little fire and an ear of corn and go hide in that cave in the mountains!"

Then Quetzalcoatl went to the top of the highest mountain and called out to all the winds. And the winds came twisting and turning, rising and falling.

The people were lifted up and thrown down. They ran away screaming, but the winds found them and lifted them up and tossed them down.

And the people cried, "Oh, if only we were animals and not people and could hide in the little mountain caves!"

"So be it!" the Gods answered. And the people were immediately transformed into all the animals of the world.

But the good couple was safe in the mountain cave. And when the storm was over they came out of the cave and began the Third World.

THE THIRD WORLD

In the Third World there were many animals to eat and the people were happy and did anything they pleased. But once again they forgot their Gods. This time the God of Fire was chosen to destroy the world. His face was fierce and yellow and he wore orange and red feathers that swayed in the wind like fire.

He made himself into a tiny flame and he danced down the chimney of the only good woman and man left on the earth. "Go quickly to the cave in the woods," he told them, "for soon all the fires under the earth will burst from the mountain peaks and destroy the world."

And the good couple was in the cave only a minute when the entrance mysteriously closed, leaving them in darkness except for their tiny flame.

Then the earth shook and the volcanoes erupted with smoke and lava. The people screamed in terror, "Oh Gods in the heavens, come to our aid! Let us be birds so that we can fly over the flame and smoke into the cool air!"

"Then birds you shall be!" answered the Gods. And the people were instantly turned into birds.

Then the volcanoes grew quiet, the cave door opened, and the good couple came out into the new Fourth World to become the mother and father of all the people.

THE FOURTH WORLD

Soon the earth was green again and there were many birds and animals and fish. The great ahuehuete trees reached almost to the sky. And for a fourth time the people forgot the Gods. Now it was the beautiful Earth Goddess who said to the others, "You, God of Water! You, God of Fire! You, God of Air! How hard you have worked! How tired you must be! Go rest in that cave and I will return for you."

And when the three Gods went into the cave to rest, there was no more rain, no more wind, and no more sun. The lakes dried up. There were no cool breezes to refresh the people. The whole world was in darkness. The crops died and the people were starving.

"Oh Gods, help us!" they cried. "Save us from hunger and thirst!" But the Gods were resting in the cave and did not hear them. The Earth Goddess sent down food at night to the good people. And the evil ones cried out, "It would be better to be eaten by jaguars than to die of hunger and thirst!"

"So be it!" said the Earth Goddess, and she commanded the hungry jaguars to eat the greedy people. The greedy people hid in the huts and in the caves, but wherever they hid the jaguars sought them out in the darkness and devoured them.

At last there were no more evil people in the world. There were only the good people whom the Goddess had cared for and the jaguars had spared.

The Earth Goddess called the three Gods from the cave then, and the rain fell, the breezes blew, and the sun gave forth light into this Fifth World.

THE FIFTH WORLD

The people sang and danced. All the earth was good again and peace and happiness continued for many years.

Cómo vinimos al quinto mundo

EL PRIMER MUNDO

En el Primer Mundo había árboles y vegetales y frutas. La gente andaba por las montañas y por los valles, mas cada cuál seguía su rumbo olvidándose del buen camino de los Grandes Dioses.

Los Dioses se enojaron. Se reunieron en la cima de la montaña más alta y escogieron al Dios del Agua para que destruyera al mundo. El Dios del Agua se puso de pie y sus ojos se llenaron de relámpagos y el aire rugía alrededor de su cabeza. El miró al mundo allá abajo y vio que todos estaban mintiendo y matando y robando. Toda la gente era mala, excepto una pobre mujer y un pobre hombre que estaban haciendo pulque en su pequeña choza.

El Dios bajó de la montaña, dando largos pasos, hacia ellos. "No teman," les dijo, "pero el agua caerá sobre estas montaña y cubrirá la tierra. Tienen que cortar el ahuehué y usarlo como canoa. Llévense con ustedes un poco de fuego y una mazorca de maíz para sembrar en el nuevo mundo." Y la buena pareja hizo lo que el Dios le había mandado.

Luego el Dios regresó a la cima de la montaña y se llevó su bandera y la ondeó furiosamente. Las nubes pronto cubrieron la tierra. Los vientos arremolinados llegaron y aterrorizaron a la gente. La lluvia caía con más y más fuerza. Las ciudades, y los pueblos y los campos desaparecieron, y el agua lo cubrió todo, menos los picos de las montañas más altas. La gente codiciosa se amontonó en las balsas de madera con todo lo que tenían, pero como sus pertenencias eran tan pesadas las balsas empezaron a hundirse y la gente temía ahogarse.

"¡Si fuéramos peces y no seres humanos podríamos escaparnos nadando!" gritaban. Y los Dioses miraron hacia abajo y dijeron, "¡Así sea! ¡Ustedes serán peces!" Y entonces no hubo más gente en el mundo. Sólo había peces.

Mas la mujer buena y el hombre bueno navegaron en el tronco del árbol por las aguas del diluvio, llevando el fuego en alto. Cuando el diluvio se acabó ellos bajaron del tronco, caminaron a la montaña y comenzaron el Segundo Mundo.

EL SEGUNDO MUNDO

En el Segundo Mundo había muchos peces para comer y la gente estaba contenta y hacían lo que ellos querían. Pero pronto se olvidaron de los Dioses y comenzaron a pelear por la tierra y la comida. Los Dioses se enojaron y escogieron a Quetzalcoatl, Dios del Aire, para que destruyera el mundo.

Quetzacoatl salió, llevando su sombrero de piel de jaguar y su vestidura de plumas blancas, a buscar una mujer buena y un hombre bueno para salvarlos. El pasó por todas las casas ricas donde la gente hablaba de cómo mentir y robar y matar. Y se paró frente a una humilde choza donde vivía una pareja que todavía se acordaba de los antiguos Dioses.

Entró y les habló. "Pronto el viento soplará por todas partes y destruirá el mundo," les dijo. "Tomen un poco de fuego y una mazorca de maíz y escóndanse dentro de esa cueva en la montaña."

Entonces Quetzalcoatl subió a la cima de la montaña más alta y llamó a todos los vientos. Y los vientos vinieron retorciéndose y estremeciéndose, subiendo y bajando. La gente era levantada por los aires y luego arrojada a la tierra. Ellos corrían gritando pero los vientos los hallaban y los levantaban en peso y los tiraban al suelo.

Y la gente gritaba, "Ay, ay, si tan sólo fuéramos animales y no gente, nos podríamos esconder en las pequeñas cuevas de la montaña!"

"¡Así sea!" contestaron los Dioses. Y la gente fue inmediatamente transformada en todos los animales del mundo.

Mientras tanto la pareja buena estaba segura en la cueva de la montaña. Cuando la tormenta terminó, ellos salieron de la cueva y comenzaron el Tercer Mundo.

EL TERCER MUNDO

En el Tercer Mundo había muchos animales para comer y la gente estaba contenta y hacía lo que querían. Pero una vez más olvidaron a los Dioses. Esta vez el Dios del Fuego fue escogido para destruir el mundo. Su cara era amarilla y feroz, y vestía plumas anaranjadas y rojas que se balanceaban con el viento como si fueran llamas.

El Dios se convirtió en una llamita pequeña y bajó bailando por la chimenea de la única mujer buena y el único hombre bueno que quedaban en la tierra. "Vayan pronto a la cueva, en el bosque," les dijo, "porque pronto todos los fuegos que hay bajo la tierra saldrán por los picos de las montañas y destruirán el mundo."

Y la pareja buena había estado en la cueva tan sólo un minuto cuando la entrada misteriosamente se cerró, dejándolos en la oscuridad, con excepción de su pequeña llamita.

Entonces la tierra tembló y los volcanes arrojaron humo y lava. La gente gritaba con terror, "¡Ay, Dioses de los cielos, vengan a ayudarnos! Permítannos ser pájaros para que podamos volar por encima de las llamas y el humo hacia el aire fresco!"

"¡Entonces pájaros serán Uds.!" contestaron los Dioses. Y la gente fue instantáneamente convertida en pájaros.

Entonces los volcanes se calmaron y la puerta de la cueva se abrió y la pareja buena salió al nuevo Cuarto Mundo, para ser los padres de toda la gente.

EL CUARTO MUNDO

Muy pronto la tierra se puso verde otra vez y había muchos pájaros y animales y peces. Los grandes ahuehués casi alcanzaban el cielo. Y por cuarta vez la gente olvidó a los Dioses. Y esta vez fue la bella Diosa de la Tierra la que les dijo a los otros, "¡Tú, Dios del Agua! ¡Tú, Dios del Fuego! ¡Tú, Dios del Aire! ¡Ustedes han trabajado mucho! ¡Han de estar muy cansados! Vayan a descansar a esa cueva y yo volveré a buscarlos."

Y cuando los tres Dioses se fueron a la cueva a descansar, no hubo más lluvia, no hubo más viento y no hubo más sol. Los lagos se secaron. No hubo más brisas frescas

LUIS FERNANDO GUERRERO

para refrescar a la gente. Todo el mundo estaba en la oscuridad. Las cosechas se perdieron y la gente estaba hambrienta.

"¡Ay, Dioses ayúdennos!" gritaban. "¡Líbrennos del hambre y la sed!" Pero los Dioses estaban descansando en la cueva y no oían a la gente. La Diosa de la Tierra mandaba comida por la noche a la gente buena, pero no a la gente codiciosa. Y los malos gritaban, "¡Sería mejor ser devorados por jaguares que morir de hambre y sed!"

"¡Así sea!" dijo la Diosa de la Tierra y ordenó a los jaguares hambrientos que devoraran a la gente codiciosa. La gente codiciosa se escondía en las chozas y en las cuevas, pero dondequiera que se escondían, los jaguares los encontraban y, en la oscuridad, los devoraban.

Al fin ya no existía gente mala en el mundo. Sólo quedaba la gente buena que la Diosa había cuidado y que los jaguares habían dejado vivos.

La Diosa de la Tierra llamó a los tres Dioses de la cueva y la lluvia regresó, las brisas soplaron, y el sol alumbró el Quinto Mundo.

EL QUINTO MUNDO

La gente cantaba y bailaba. Todo en la tierra era bueno otra vez y la paz y la felicidad continuaron por muchos años.

The Fall of Quetzalcoatl and the City of Tula

Quetzalcoatl was the most revered god and ruler of the Aztecs, a civilization that existed in the area of modern-day Mexico before the time of Columbus. In Aztec legend Quetzalcoatl was white because he came from the heavens and the bright shining stars. This is one of numerous stories about Quetzalcoatl and his brother Tezcatlipoca, the god of darkness. Driven from his people by the events in this legend, Quetzalcoatl left Tula by boat. He promised to one day return and re-create the wonderful days of Tula for the people. When many years later the paler-skinned Spaniards arrived by boat, the Aztecs assumed the deity had returned.

Tula was the most magnificent city of the Toltecs. The people had cotton to make clothes and precious stones. There was more than enough food for everyone, everything from large colorful squash to tasty chocolate. And its people were happy. When asked how they came to be so fortunate, the people of Tula pointed to Quetzalcoatl, the one they called their culture god. He had taught them everything from planting food to sewing cotton into clothes. With Quetzalcoatl, the Toltecs thrived. But one day Quetzalcoatl left and the splendor of Tula came to an end. This is the story of how that happened.

During the reign of King Huemac the Toltecs engaged in many wars with their neighbors. Huemac felt threatened, not only by the wars but also by the priest who lived just outside Tula.

"He calls himself Quetzalcoatl. But can he be the Quetzalcoatl?" he asked his servants.

"Why do they give so many thanks and praise to him? I am the one who organizes the armies to win wars. I am the one that keeps the people of Tula safe."

Huemac was not the only one jealous of Quetzalcoatl.

"The people of Tula know only Quetzalcoatl. But I have existed as long as he has," said Tezcatlipoca. He was as evil a god as Quetzalcoatl was good.

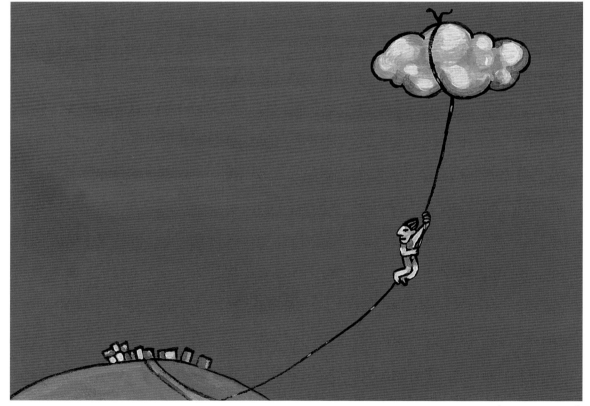

ANA LÓPEZ ESCRIVÓ

"The people of Tula need to remember who I am." And with that he took the webs spun by a hundred spiders and created a long rope. He tied the rope to a cloud and climbed down from the skies toward Tula.

Meanwhile, King Huemac decided that an allegiance with Quetzalcoatl would be best. "If the people see us together they will think of me and give thanks to me as well. When there is a need to go to war they will not hesitate. This will bring stability to Tula."

Huemac had a young daughter with beautiful big eyes and long black hair. "For the future of Tulan you will marry Quetzalcoatl," he told her. She was dressed in her prettiest gown and most sparkling jewels. Huemac then went to see Quetzalcoatl and offered him her hand in marriage.

"Your daughter is beautiful and kind, but I cannot marry," Quetzalcoatl said. "I must stay devoted to all the people of Tula, not to a family of my own."

Quetzalcoatl did not mean to anger Huemac but the King felt humiliated. He returned home with his daughter. Before he was jealous of how the people loved Quetzalcoatl. Now King Huemac was also angry with Quetzalcoatl, who rejected him and his daughter. Huemac swore revenge.

"I will go pray at the temple of Tezcatlipoca. He is an enemy of Quezalcoatl. He will help me show the people of Tula who they should thank for the riches they enjoy."

As Huemac was praying Tezcatlipoca listened and thought. "Yes, I will help Huemac. The people should not waste all their thankfulness on Quetzalcoatl." But Tezcatlipoca was devious. "Nor should they instead thank Huemac." As he plotted with Huemac against Quetzalcoatl he also thought of how to bring Huemac down. "The people will then remember me," said Tezcatlipoca.

Tezcatlipoca and King Huemac went ahead with their plan to bring Quetzalcoatl down. They sent a sorcerer, in disguise, to see Quetzalcoatl. The sorcerer claimed to have a drink that would make Quetzalcoatl feel young again and offered it to him. Quetzalcoatl responded, "Yes, you are right to say that I look tired. I am tired. My many efforts in teaching the people of Tula bring them bounty. My many efforts in convincing the people not to wage war, as Huemac wants, oftentimes work. But both leave me very tired. I am not young anymore."

"You need to remain young and strong for the people of Tula," the sorcerer claimed. "This drink will help you."

And like that he tricked Quetzalcoatl. The drink made him fall asleep. While he was asleep the sorcerer dressed him in a silly costume. The drink then made Quezalcoatl wake up and act foolish. The sorcerer took Quetzalcoatl to the streets of Tula. The people saw Quetzalcoatl acting drunk and foolish. They were ashamed and humiliated, but not as much as Quetzalcoatl was. When the spell was over and he realized what he had done, Quetzalcoatl left Tula, ashamed.

"We were victorious," Huemac prayed to Tezcatlipoca. "The people no longer think Quetzalcoatl divine. They have seen him dressed like a fool and acting like a fool."

King Huemac was happy. He was so happy that he gave a festival that lasted many days and many nights. Huemac celebrated the fall of Quetzalcoatl so much that he did not pay attention to the wars he was waging. Slowly Tula began to fall as the great city. And then Tezcatlipoca was happy as well, for his plan had been to ruin Quetzalcoatl and Huemac. A short time after Quetzalcoatl left, Huemac died in battle.

The people of Tula were the saddest of all. They realized that Huemac had tricked Quetzalcoatl. And in tricking Quetzalcoatl, Huemac had tricked the people into thinking less of him. Quetzalcoatl had left Tula but promised to return one day. Since then, the people of Tula have awaited his return so they can again enjoy the better times Quetzalcoatl brought, and thank him for all his kindness towards them and their village.

La caida de Quetzalcoatl y la ciudad de Tula

Quetzalcoatl era el dios más venerado de la civilización Azteca. La civilización Azteca existió antes de los tiempos de Cristóbal Colón, en lo que hoy es México. En las leyendas Aztecas Quetzalcoatl era blanco porque venía del cielo y de las brillantes estrellas. Esta es una de las muchas leyendas sobre Quetzalcoatl y su hermano Tezcatlipoca, que era el dios de la oscuridad. Alejado de su pueblo por los hechos ocurridos en esta leyenda, Quetzalcoatl se fue de Tula en un bote. El le prometió al pueblo que regresaría para recrear los días maravillosos de Tula. Años después los españoles, quienes eran de piel más clara, arribaron a estas tierras y los Aztecas creyeron que su dios había regresado.

Tula era la ciudad más majestuosa de los Toltecas. La población cultivaba algodón para confeccionar telas y contaba con yacimientos de piedras preciosas. Había suficiente comida para todo el mundo, desde grandes calabazas hasta el sabroso chocolate. Y el pueblo era feliz. Cuando les preguntaban qué los había hecho tan afortunados, los habitantes de Tula señalaban a Quetzalcoatl, a quien llamaban el dios de su cultura. El les había enseñado todo: desde la siembra hasta la manufactura de su vestimenta. Junto a Quetzalcoatl los Toltecas progresaron. Pero un día Quetzalcoatl se marchó y el esplendor de Tula llegó a su fin. Esta es la historia de cómo sucedió todo.

Durante el reinado del rey Huemac los Toltecas se vieron envueltos en numerosas guerras con sus vecinos. Huemac se sintió amenazado, no sólo por las guerras, sino también por el sacerdote que vivía en las afueras de Tula.

"El se llama a sí mismo, Quetzalcoatl. Pero puede ser él Quetzalcoatl?" le preguntó el rey a sus siervos.

"¿Por qué se lo agradecen todo y lo veneran? Yo soy el que organiza los ejércitos que ganan las guerras. Yo soy el que protege al pueblo de Tula."

Huemac no era el único que sentía celos de Quetzalcoatl. "El pueblo de Tula solamente cree en Quetzalcoatl. Pero desde que él ha existido también existo yo," dijo Tezcatlipoca. El era un dios tan malo como Quetzalcoatl era bueno.

"El pueblo de Tula necesita recordar quién soy." Y con esto, tomó la red tejida por cientos de arañas y fabricó una larga soga. Ató la soga a una nube y descendió desde los cielos hasta Tula.

Mientras tanto, el rey Huemac decidió que una alianza con Quetzalcoatl sería lo mejor. "Si el pueblo nos ve unidos creerán en mí y me darán también las gracias. Cuando haya necesidad de ir a la guerra ellos no dudarán. Esto traerá estabilidad a Tula."

Huemac tenía una hija joven de ojos bonitos y grandes y pelo largo y negro.

"Por el futuro de Tula te casarás con Quetzalcoatl," le dijo. Ella apareció vestida con su más lindo traje y joyas ostentosas. Huemac fue entonces a visitar a Quetzalcoatl y le ofreció la mano de su hija en matrimonio.

"Tu hija es preciosa y bondadosa pero yo no puedo casarme," Quetzalcoatl le dijo. "Debo mantenerme consagrado al pueblo de Tula, no a una familia." Quetzalcoatl no pretendía disgustar a Huemac, pero el rey se sintió humillado. Regresó a su casa con su hija. Antes se sentía celoso del amor que el pueblo profesaba a Quetzalcoatl. Ahora el rey Huemac también sentía ira contra Quetzalcoatl por haberlos rechazado a él y a su hija. Huemac juró vengarse.

"Yo iré a orar al templo de Tezcatlipoca. El es enemigo de Quetzalcoatl. El me ayudará a demostrarle al pueblo de Tula a quién deben agradecer las riquezas de las que disfrutan."

Mientras Huemac oraba, Tezcatlipoca escuchaba y pensó. "Sí, ayudaré a Huemac. El pueblo no debe malgastar todo su agradecimiento en Quetzalcoatl." Pero Tezcatlipoca era malvado. "Ni deben agradecer tampoco a Huemac." Mientras conspiraba con Huemac en contra de Quetzalcoatl, el también pensaba en cómo derrocar a Huemac. "El pueblo se acordará de mí entonces," dijo Tezcatlipoca.

Tezcatlipoca y el rey Huemac continuaron con su plan de derrocar a Quetzalcoatl. Enviaron a una hechicera disfrazada a visitar a Quetzalcoatl. La hechicera decía poseer un brebaje que lo haría sentir joven nuevamente, y se lo ofreció. Quetzalcoatl respondió, "Sí, tienen razón al decir que parezco cansado. Estoy cansado. Mis muchos esfuerzos por educar al pueblo de Tula ha producido sus riquezas. Mis muchos esfuerzos por convencer al pueblo de no declarar la guerra, como Huemac desea, a menudo surten efecto, pero todo esto me deja muy cansado. Y ya no soy joven."

RUTH ARACELI RODRIGUEZ

"Tú necesitas permanecer joven y fuerte para el pueblo de Tula," la hechicera exclamó. "Este brebaje te ayudará." Y así fue cómo engañó a Quetzalcoatl. El brebaje lo hizo dormir. Cuando cayó dormido, la hechicera lo vistió con un ridículo disfraz.

La bebida hizo que Quetzalcoatl se despertara y se sintiera perturbado. La hechicera llevó a Quetzalcoatl a las calles de Tula. El pueblo lo vio borracho y actuando de una manera incoherente. Ellos se sintieron avergonzados y humillados, pero nunca tanto como Quetzalcoatl. Cuando el hechizo dejó de surtir efecto y se dio cuenta de lo que había hecho, Quetzalcoatl abandonó Tula avergonzado.

"Nosotros somos los vencedores," Huemac declaraba a Tezcatlipoca. "El pueblo nunca más reconocerá a Quetzalcoatl como ser divino. Ellos lo han visto vestido ridículamente y actuando como tal."

El rey Huemac estaba contento. Estaba tan contento que dio una gran fiesta que duró muchos días y muchas noches. Huemac celebró tanto la caída de Quetzalcoatl que no prestó atención a las guerras existentes. Lentamente el esplendor de Tula comenzó a decaer. Por lo que Tezcatlipoca estaba eufórico, ya que sus intenciones de arruinar a Quetzalcoatl y a Huemac habían surtido efecto. Poco tiempo después de que Quetzalcoatl se marchara, Huemac murió en una batalla.

A partir de ese momento el pueblo de Tula conoció la desgracia. Muy pronto comprendieron que Huemac había engañado a Quetzalcoatl. Dicho engaño había provocado el menosprecio del pueblo hacia Quetzalcoatl, lo que provocó su marcha. Sin embargo, Quetzalcoatl prometió regresar algún día. Desde entonces, el pueblo de Tula ha esperado su regreso para disfrutar aquellos tiempos mejores que Quetzalcoatl les regaló y para agradecerle su generosidad.

The Lost City of El Dorado

Whereas the Aztecs, Inca, and Maya left great monuments, the Chibcha of what are now Colombia and Panama were best known for their expertise in fashioning jewelry and offerings from the gold and emeralds that were plentiful in their land. These items played an important role in Chibcha religious ceremonies. They created statues and other gold relics, which were then offered to their gods. The Lost City of El Dorado tells of one such ceremony and how it came to be.

A long time ago, shortly after the world was created, there was a lake called Guatavita Lake, located around the mountains of what is today Colombia. For many generations the Chibcha Indians lived near the lake. They believed a magic serpent lived at the lake's bottom.

"She could be Bachué, our Mother," said one of the Chibchas. "Or she could be the devil. But whatever she is, whoever wakes her will be taken and never return."

All the people of the village knew this. All except the princess. She was young and the only daughter of the King. He watched over her lovingly but was very protective. She had never left the area of the palace. The palace had many rooms in which she could play and a large garden in which she spent many days. But the princess wanted very much to see all the land of Guatavita.

One day, she snuck out of the palace and hiked to the mountain area. There, for the first time, she saw trees that grew luscious green leaves and thick twisted vines. She swam in streams that bubbled down the mountain with sweet cool water. From the vines she swung and when she grew tired she rested under the canopy of the leaves. The princess played all day. When the sun began to set she started to find her way home. Walking down the mountain the princess came across the largest lake she had ever seen. It was Lake Guatavita.

"Is it from this large lake that the sweet waters run into the streams?" As she thought, the princess knelt at the edge of the lake. With her hands she reached and gathered water to taste.

The waters of the lake moved a little. And then they moved a lot, for the princess had awoken the legendary serpent. The surface of the lake changed from calm to enormous waves churning back and forth, created by the serpent as she swam towards the surface. The princess first saw the serpent's curled back, then her long neck, and finally her head. The princess was not scared. The beauty of the serpent made her think it was friendly. Emeralds sparkled off the serpent's back and her eyes were cherry-colored rubies.

"How beautiful you are," said the princess to the serpent. They both looked at each other for a moment and with that the serpent closed her eyes, slid back underneath the water, and returned to her slumber.

All this made the princess late. By the time of her return the King was frantic. "Oh do not be worried," said the princess. "I have seen our lands, the green of the trees, the sweetness of the waters, and the lovely red eyes of the lake's serpent."

With this news the King was alarmed. "My dear princess, the serpent belongs to another world, you cannot go to that lake again." The princess was sad but she listened to the King's words. She had no intention of going again.

But that night, as the princess slept, the eyes of the serpent appeared in her dream. For the first time she heard its voice. "Come to me. Come to me at the water's edge."

When morning came, the King realized the princess was missing and his heart sank. "The serpent cast a spell on the princess. She has left this world for that of the serpent's."

The King ran to the lake. As he suspected, there lay the princess' robe. He thought he would never see her again.

The sadness that came over the King was so great it drained all his power. This made the Chibchas worried. No land can last long without a strong King. One of the Chibcha priests had an idea. "Because of the serpent the King has lost his power. Therefore it is only the serpent who can restore the King to as he once was."

The priest hiked to the water's edge. There he lit a bright fire and danced and sang around the flames. It became very dark. The moon disappeared. Then the waters of Lake Guatavita started to move. Great waves curled up and rushed to the shore. And just as it seemed that the water would overflow the lake borders, the moon reappeared and the waters calmed.

"The serpent has spoken," the priest told the King. "Your princess is alive and well in the serpent's world. You need not be sad, for when your reign has come to an end, you will join her in the world under Guatavita."

This made the King feel strong again and he reigned for a long time. Each year, to thank the serpent and to insure her promise, the King and his people traveled to the water's edge. There the people painted the King in gold and adorned him with emeralds. Once this was done the King rowed a boat to the lake's deepest point. There he sang and slowly dropped the emeralds and other jewels into the lake. These were gifts for the serpent. When finished with all the jewels the King would dive into Lake Guatavita. His last offering, the gold on his body, slid off his skin toward the bottom of the lake, toward the world of the serpent and the princess. The King did this for many years until the year he dove, and it being his time, he joined the princess and the serpent.

The reign of that King was so prosperous that all future kings made the same offering each year to the serpent of Guatavita. With time the world underneath the waters of Guatavita became painted in gold and paved with emeralds. The Chibchas came to call the place El Dorado. And though many have searched for it, none have found it. But the Chibcha know that it is there.

La ciudad perdida
de El Dorado

Los Chibcha habitaban el área que hoy es Colombia y Panamá. Mientras los Aztecas, los Incas, y los Mayas dejaron grandes monumentos los Chibcha son muy conocidos por su destreza para hacer joyas y objetos de ofrendas con el oro y las esmeraldas que abundaban en sus tierras. Estos minerales jugaron un papel importante en las ceremonias religiosas ya que con ellos los Chibchas creaban estatuas y reliquias que le ofrecían a sus dioses. La ciudad perdida del Dorado relata una de estas ceremonias.

Hace muchísimo tiempo, poco después de la creación del mundo, en las montañas de la actual Colombia se encontraba el lago Guatavita. Por varias generaciones los Chibcha habitaron las cercanías del lago. Ellos creían que en el fondo del lago habitaba una serpiente mágica. "Ella puede ser Bachué, nuestra madre," dijo uno de los Chibchas. "O puede ser el diablo. Pero ya sea uno o el otro, el que la despierte será apresado y nunca regresará."

Todos en la aldea lo sabían. Todos menos la princesa. Ella era joven y la única hija del rey. El la vigilaba con amor, pero también, la protegía en exceso. Ella nunca había salido del área del palacio. El palacio tenía muchas habitaciones donde ella podía jugar y un

jardín muy grande donde ella pasaba muchos días. Pero la princesa tenía gran interés en ver los alrededores del Guatavita.

Un día ella se escapó del palacio y caminó hasta el área de la montaña. Allí por primera vez vio árboles con grandes hojas verdes y fuertes ramas trenzadas. Ella nadó en las aguas burbujeantes de los fríos arroyos que descendían de la montaña. En las ramas se meció y cuando se cansó descansó debajo de la espesa vegetación. La princesa jugó todo el día. En la tarde, a la puesta del sol, comenzó a buscar el camino de su casa. Mientras andaba cuesta abajo encontró el lago más grande que jamás hubiese visto. Era el lago Guatavita. "¿Era éste el gran lago del que provenía el agua fresca de los arroyos?" Mientras pensaba, la princesa se arrodilló a orillas del lago. Tomó agua en sus manos y la probó. Las aguas del lago comenzaron a moverse. Al rato estaban picadas pues la princesa había despertado a la legendaria serpiente. La superficie del lago perdió su calma. La serpiente mientras nadaba hacia la superficie creaba enormes olas que batían las aguas. Lo primero que la princesa vio fue la espalda enroscada de la serpiente, después su largo cuello y por último su cabeza. La princesa no tuvo miedo. La belleza de la serpiente le hizo pensar que sería amistosa. Esmeraldas brillaban en su espalda y sus ojos eran como rubíes del color de los cerezos. "¡Qué linda eres!" dijo la princesa a la serpiente. Las dos se miraron por un momento y un tanto después la serpiente cerró sus ojos y se deslizó de vuelta a su letargo en las profundidades del lago.

Este encuentro hizo que la princesa se retrasase. A su regreso el rey estaba frenético. "Oh no te preocupes," dijo la princesa. "Yo he visto nuestras tierras, el verde de los árboles, las frescas aguas, y los preciosos ojos rojos de la serpiente del lago." Esta noticia alarmó al rey. "Mi querida princesa, la serpiente pertenece a otro mundo, tú no puedes ir más a ese lago." La princesa estaba triste pero escuchó las palabras del rey. Ella no tenía intenciones de regresar. Pero esa noche mientras la princesa dormía, los ojos de la serpiente aparecieron en sus sueños. Por primera vez ella oyó su voz. "Ven a mí, ven a mí en la orilla del agua."

Al llegar la mañana, el rey se dio cuenta que la princesa no estaba y el corazón se le desplomó. "La serpiente ha hechizado a la princesa. Ella ha dejado este mundo para irse al de la serpiente." El rey corrió al lago. Como el había sospechado allí encontró el ropaje de la princesa y pensó que nunca volvería a verla. La tristeza que invadió al rey fue tan grande que le dejó sin fuerzas. Ello preocupó a los Chibchas. No hay tierra que sobreviva sin un rey fuerte. Uno de los sacerdotes Chibchas tuvo una idea. "Es debido a la serpiente que el rey ha perdido su fortaleza por lo que sólo la serpiente puede devolvérsela y llevarlo a lo que antes era." El sacerdote anduvo hasta el borde de las aguas. Allí encendió un fuego y bailó y cantó alrededor de las llamas. La luna desapareció y la oscuridad prevaleció. Entonces las aguas del lago Guatavita comenzaron a moverse. Grandes olas se levantaban y rompían en la orilla. Y cuando parecía que las aguas se desbordarían, la luna reapareció y el lago se calmó. "La serpiente ha hablado," el sacerdote le dijo al rey. Su princesa está viva y sana en el mundo de la serpiente. No necesita estar triste, pues cuando llegue el final de su reinado usted se reunirá con ella en el mundo de las profundidades del Guatavita."

Esto hizo sentir fuerte de nuevo al rey y reinó por mucho tiempo. Cada año para darle gracias a la serpiente y para asegurarse que cumpliría lo prometido, el rey y su pueblo via-jaban a la orilla de las aguas. Allí el pueblo pintaba al rey de oro y le obsequiaban muchísimas esmeraldas. Entonces el rey remaba en un bote hasta el punto más hondo del lago donde, mientras cantaba, lentamente echaba a las profundidades las esmeraldas y otras joyas. Todos eran regalos para la serpiente.

Una vez descargada las joyas el rey se zambullía en el lago para que el oro de su cuerpo también llegase al mundo de la serpiente y de la princesa. El rey hizo esto por muchos años hasta que llegó el año en que se zambulló para siempre, pues le tocaba reunirse con la princesa y la serpiente.

El reinado del rey fue tan próspero que cada año todos los futuros reyes hacían la misma ofrenda a la serpiente del Guatavita. Pasados varios años el mundo debajo de las aguas del Guatavita se vio pintado de oro y cubierto de esmeraldas. Con el correr de los tiempos los Chibchas le llamaron al sitio El Dorado. Muchos son los que afanosamente han bus-cado este sitio, ninguno lo ha encontrado; más los Chibchas saben que ahí esta.

Fables and Riddles

The telling and retelling of fables and riddles were the ways in which Latino cultures passed down information from generation to generation. Whether by word of mouth or through the written word, this was how many moral lessons and life experiences were taught.

The Blind Man and the Cripple

While walking down a windy path, a blind man tripped on a rock and fell. "I cannot go on by myself. This path is too difficult." He rested on a rock and waited.

A little while passed, and the blind man heard someone approaching.

"My friend," said the blind man. "Would you help me find my way?"

"I would very much like to help but I am lame. The path is windy and my legs are having a hard time of it alone. You look well and strong."

"Yes, I am healthy. It is not my legs that give me trouble. It is my eyes. I am blind."

"Luck is not on our side," remarked the lame man. "You are healthy but cannot see. I can see, but can barely walk. Nevertheless, I have an idea. What do you think if I lend you my eyes, and you help me with your feet?"

"Great idea," answered the lame man. "Alone we may not get to where we are going. But together we are sure to finish this walk."

So the blind man bent down and the lame man sat on his shoulders. Using the blind man's legs and the lame man's eyes, the two proceeded along their journey.

Said the lame man to the blind man:

"Take me on your shoulders.

You will be my legs,

And I will be your eyes."

With teamwork strengths can overcome weaknesses.

LUIS FERNANDO GUERRERO

El ciego y el cojo

Un ciego que pasaba por un camino muy difícil tropezó con una piedra y se cayó. No pudiendo seguir sólo su paseo se sentó en el borde del camino y esperó. Al rato sintió ruidos de pasos.

—Amigo mío —gritó el ciego— ¿Serás tan bueno que me ayudes a andar por este camino tan difícil?

—De buena gana lo haría contestó una voz— pero soy cojo y a duras penas consigo arrastrarme. En cambio tú pareces muy fuerte.

—Sí, soy fuerte —dijo el otro—, pero me falta la vista. Soy ciego.

—La suerte —respondiéndole el cojo—no nos ha acompañado. Tú puedes caminar, pero no ves, yo veo, pero apenas si logro caminar. Pero se me ocurre una idea. Yo te prestaré mis ojos y tú me ayudarás con tus pies.

—Convenido —dijo el ciego—. Valemos poco si estamos solos, pero nos hacemos fuertes cuando nos reunimos.

Y así fue, en efecto. El cojo se sentó sobre los hombros del ciego y éste, guiado por el cojo, anduvo sin dificultad por el camino.

Dijo el cojo al ciego:

—Llévame en tus hombros.

Tú mis pies serás;

Yo seré tus ojos.

En la unión está la fuerza.

The Farmer and His Children

An old farmer had two sons who were very good to him, but they didn't work very hard. Little things distracted them and the boys often forgot their duties. The old farmer, knowing he was gravely ill, called upon his sons. In a serious but gentle tone, he said, "My dear sons, in a little while I will pass away. I want you to know that all I have to leave you is this land and its harvest. I wish that you would till and cultivate the land as I have until now, for hidden right beneath the soil is a great treasure."

A few days later, as he anticipated, the old farmer passed away. His sons were sad for many days. They cried and mourned his passing, but eventually they had to get to work. Then they remembered what their father said about the hidden treasure, and thinking that by treasure he meant buried money or jewels, they began tilling the soil. Thinking only of the buried fortune, the sons worked tirelessly from dawn to dusk. Never before had they worked so hard that nothing distracted them.

This went on for months. In the end the boys did not find any buried treasure. But all the while the boys' efforts had perfectly prepared the land, and the harvest that it produced was just reward for their hard work.

When one works hard and with dedication there are riches to be gained.

El labrador y sus hijos

Un anciano labrador tenía dos hijos que, aunque muy bondadosos, no eran demasiado trabajadores ya que con frecuencia se distraían con cualquier cosa y se olvidaban de sus obligaciones. Su padre, habiendo enfermado gravemente, los reunió un día y, en un tono solemne pero lleno de dulzura, les dijo, —Hijos míos, dentro de muy poco tiempo me moriré. Quiero que sepáis que todo lo que os puedo dejar en herencia es la granja y las tierras. Deseo que continuéis cultivándolas como yo he hecho hasta ahora, pues a muy poca profundidad hay un inmenso tesoro escondido.

A los pocos días, tal como les había anticipado, el anciano murió. Sus hijos estuvieron un largo tiempo muy tristes y abatidos, pero no tuvieron más remedio que ponerse a trabajar. Entonces se acordaron de lo que su padre les había dicho del tesoro escondido y, creyendo que se trataba de algún dinero o joyas enterradas tiempo atrás, comenzaron a cavar las tierras palmo a palmo.

Con el estímulo de la fortuna que iban a descubrir, se pasaban el día entero trabajando sin cesar. Nunca se habían esforzado tanto como entonces. Estaban siempre con la azada en la mano y únicamente descansaban cuando el sol se ponía. Después de varios meses de fatigas, no hallaron, al fin, tesoro alguno, pero la tierra, perfectamente desterronada y removida, les dio una cosecha muy abundante que fue la justa recompensa a su trabajo.

El trabajo, realizado con esmero y constancia, es fuente de riqueza.

The Horse, the Deer, and the Hunter

In a beautiful forest lived a deer and a horse. They lived independent lives, each one minding his own business and never bothering the other. Both were very happy and peaceful because they had everything they each needed. There was a river that flowed down the mountain, bringing crystal-clear water to drink. There were many wide-open spaces where they could run free and play. The forest provided many different kinds of plants and grasses for the deer and the horse to eat. They lived comfortably, not needing anything else. The horse and deer both drank from the same bend in the river. On occasion, they found each other there and talked about the forest. When they were finished with their friendly chat, each went his separate way.

But on one occasion the friendly chat turned a little mean-spirited. The deer, finished with what he had to say, made fun of the horse and stuck his tongue out as he ran away. The horse was offended and ran after the deer. But the deer ran faster, and he got away. After that day, whenever the horse and deer crossed each other in the forest, the horse tried to catch the deer. But the deer, quick and agile, always got away.

Even though what occurred was of little consequence, the horse felt that he should teach the deer a lesson and so he went to see a hunter who lived nearby.

"Get on my back," he told the hunter, "and I will take you near the deer. He cannot run away from your bow and arrow and I will have my revenge." So the hunter set off riding the horse, and when they came across the deer the hunter aimed and released an arrow. The arrow missed, but the deer was so frightened, that he left the forest, never to return.

"Very good," said the horse to the hunter. "Now you can release the reins and remove your saddle, for that deer will not be bothering me again." But the hunter refused. He had always wanted a horse and now he found one. The horse ran, bucked, and neighed,

SHANNON WORKMAN

but with the saddle and the reins the hunter could well keep him under control. Eventually exhausted, the horse let the hunter steer him to his home where the horse was locked in a corral.

"What a fool am I," thought the horse. "Because I would not forgive a small offense I will pay for the rest of my life."

Vengeance only leads to further misfortune.

El caballo, el ciervo y el cazador

En un hermoso bosque vivían en libertad un ciervo y un caballo. Llevaban una vida muy independiente, cada uno conforme a sus costumbres, y nunca se molestaban el uno al otro. Los dos eran muy felices, pues tenían a su alcance todo lo necesario para vivir en paz y tranquilidad. Un río caudaloso bajaba de las montañas ofreciéndoles agua limpia y cristalina. Grandes extensiones de terreno les permitían correr a sus anchas. Tenían hierba y alimento en abundancia para cubrir sus necesidades. En definitiva, vivían cómodamente y ninguno deseaba nada que no pudiera tener. A veces, coincidían en el río y charlaban amigablemente durante largo rato, marchándose después cada uno por su camino.

En una ocasión, discutieron por algo de poca importancia, y al fin, el ciervo se atrevió a burlarse del caballo, sacándole la lengua. Este se sintió muy ofendido y persiguió al ciervo dispuesto a castigarle, pero era más veloz que él y escapó. A partir de aquel día, cada vez que se encontraban, el caballo trataba inútilmente de atrapar al ciervo pues éste siempre se ponía a salvo gracias a su gran rapidez y agilidad. Entonces el caballo, a pesar de la poca importancia de lo sucedido, decidió pedir ayuda a un cazador que vivía en las proximidades.

—Yo te llevaré cerca del ciervo —le dijo— y así tú, con tus armas, podrás cazarle desde lejos y quedaré vengado.

Salió, pues, el cazador montado en el caballo y cuando hallaron el ciervo disparó contra él con su ballesta. Falló el tiro pero el ciervo, espantado, huyo de aquellos lugares para no volver jamás.

—Muy bien —dijo el caballo—. Ahora ya puedes quitarme las riendas y la silla, pues ése ya no volverá a molestarme.

Pero el cazador se negó a ello. Por mucho que el caballo saltó, corrió e hizo cabriolas no consiguió quitarse de encima a su jinete, hasta que, agotado, hubo de dejarse conducir a la cuadra del cazador.

—¡Tonto de mí! —pensaba—. Por no perdonar una pequeña ofensa tendré que pagar mi soberbia durante el resto de mi vida.

La venganza sólo conduce a nuevas desgracias.

The Thief and the Dog

Outside of a large city lived a family with their dog, Ladri. Throughout the day Ladri played with the children and ran around the yard. At night, Ladri remained alert, as it was his job to guard the house and the family. He was smart. He would investigate any noise or movement around the house. He barked loudly if he thought it at all suspicious.

ANA LÓPEZ ESCRIVÁ

One dark and moonless night, when Ladri could barely see a few yards, he heard a noise coming from the other side of the wall that faced the street. He quickly jumped up and ran towards a spot near the wall to see what was hapenning. There, climbing over the wall to get into the yard, Ladri found a man, who immediately offered him a piece of steak. Ladri asked the man, "Why are you offering me food?"

Not in the least bit ruffled, the man answered, "It's a present for you. I would like to be your friend."

"Is it truly a present? Or perchance, are you trying to trick me?"

"Oh no! I do not wish to trick you. But in exchange for the present I thought you could let me into the house," said the man. He was sure he could befriend Ladri with the delicious steak.

"If I let you into this house you could hurt or rob my owner and his family. So even though today you offer me food in exchange for my silence, tomorrow, without my owner, I may go hungry. Don't you see? It is much better for me to bark and wake everyone, than to eat the piece of steak you offer." And with that, Ladri started to bark and howl so wildly that the thief barely had time to escape before his owner came outside.

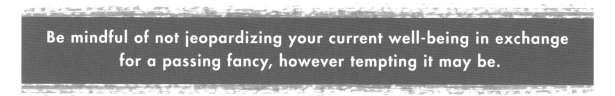

Be mindful of not jeopardizing your current well-being in exchange for a passing fancy, however tempting it may be.

El ladrón y el perro

En las afueras de una gran cuidad vivía una familia que tenía un perro llamado Ladri. Durante el día jugaba con los niños y correteaba por el jardín, pero por la noche permanecía alerta, ya que era el encargado de vigilar la casa. No había ruido o movimiento que el inteligente animal no descubriera al instante, e inmediatamente acudía a ver lo que pasaba, ladrando con gran estruendo cuando se trataba de algo sospechoso.

Una oscura noche sin luna, en la que difícilmente se podía ver más allá de un par de metros, Ladri oyó un ruido extraño junto a la pared que daba a la calle. De un salto se incorporó y fue rápidamente a ver lo que sucedía. Allí, subido a la valla, vio a un hombre que intentaba saltar al jardín y que, al verle, le ofreció un pedazo de carne. Entonces Ladri le preguntó extrañado,—¿Por qué me das eso?

El hombre, con toda naturalidad, le respondió,—Es un regalo que te hago, ya que quiero ser tu amigo.

—¿Es únicamente un obsequio o pretendes, quizás, engañarme?

—No, no quiero engañarte sólo que, a cambio de la carne, me has de dejar entrar en la casa—dijo el hombre, convencido de que el perro iba a aceptar el trato.

—Si te dejo entrar en la casa y matas o robas a mi amo o a su familia, aunque ahora me des comida para que calle, luego me moriré de hambre, por lo que más me conviene ladrar y despertarlos, que comerme el pedazo de carne que me ofreces.

Y dicho esto, Ladri comenzó a ladrar tan furiosamente, que el hombre apenas tuvo tiempo de escapar antes de que salieran los dueños.

> Quien es prudente no abandona su bienestar actual, a cambio de una satisfacción pasajera, por muy tentadora que sea.

The Sparrow and the Hare

There was once a hare who, unlike other animals in the wilderness, always felt at ease. Even if danger was suddenly near, his swiftness was sure to save him. The hare could run so fast that no other four-legged animal in the wilderness could catch him. He often spent days scavenging about his home but never strayed too far. Peluso was a sparrow who had his nest near the hare's home. Peluso was not very friendly. He was frequently mean-spirited and often made fun of the other animals.

One day the hare found a patch of grass and dozed as the sun shined on him. He was always on the watch for animals around him but never thought about being attacked from above. And so it happened that an eagle flew down and snatched him from his rest. The hare, intent upon getting free but having no such luck, spent the day hanging in the air from the claws of the eagle.

Peluso watched what happened and flew towards the hare.

"You run so fast. Whenever a hunting dog gets even close to your tail, his owner praises and rewards him. Start to run now! What is holding you back?"

With that, Peluso started to laugh. "Are you not blessed with the fastest legs in the wilderness, capable of fleeing from all harm? Why do you not escape?" The sparrow continued to mock the hare in this manner. "Birds truly are the mightiest of all animals," the sparrow boasted. "All others, including you, are easy to snare."

Peluso was so preoccupied making fun of the hare that he did not see the hawk that came up fast behind him. The hawk, aware that the sparrow's defenses were distracted by his teasing, thought the sparrow looked like an appetizing lunch. At that moment Peluso noticed the hawk and tried to scurry away.

"Help!" Peluso screamed. But it was already too late. The hawk had Peluso in his clutches and quickly swallowed the bird whole.

"He deserves it!" proclaimed the hare. "I could not think of a better punishment! Why be mean to those in danger and give advice without following it first?"

> **Do not make fun of another's misfortune, you could one day find yourself in a similar situation.**

El gorrión y la liebra

Había salido una liebre de la madriguera y tranquilamente estaba tomando el sol. Si algún peligro le acechaba, gracias a su gran agilidad, huía con toda rapidez y no existía animal de cuatro patas que fuera capaz de alcanzarla. Le gustaba merodear por los alrededores, pero nunca se alejaba demasiado de su casa. A poca distancia de allí, poseía su nido un gorrión, a quien todo el mundo conocía por el nombre de Peluso. No tenía muchos amigos, ya que era envidioso, burlón y siempre estaba insultando a los demás animales.

La liebre se había detenido en una pequeña hondonada y parecía un poco adormecida por los suaves rayos solares. Distraída, y sin pensar que un enemigo pudiera atacarla desde el aire, fue apresada por un enorme águila.

Intentó soltarse de sus terribles garras, pero sin conseguirlo se encontró surcando el aire, presa del poderoso animal.

Peluso, que había visto cómo era capturada la liebre, emprendió el vuelo y, dirigiéndose hacia ella, le dijo:

¿No eres tan ligera que si te persigue un perro y consigue acercarse a tu rabo, su dueño le acaricia y le alaba? Pues empieza a correr, ¿qué te detiene? Y comenzó a reírse.

—¿No estás dotada de las patas más ágiles y eres capaz de huir de cualquier peligro? ¿Por qué no escapas ahora? —continuó burlándose el infame gorrión.

—Nosotras, las aves— seguía Peluso—, sí que somos poderosas. No como vosotras que sois muy fáciles de atrapar.

Y así, sin cesar de burlarse del desgraciado animal, no se dio cuenta de que, por detrás de él, venía un gavilán a toda prisa. Había salido también de caza y, viendo el indefenso gorrión, pensó que sería un apetitoso bocado. Por lo que no dudó en dirigirse hacia Peluso, con muy malas intenciones.

Entonces, éste lo vio e intentó huir.

—¡Socorro!— tuvo tiempo de gritar. Pero ya era demasiado tarde, pues había sido alcanzado por el gavilán, quien, sin ninguna consideración, se lo tragó de inmediato. — ¡Se lo merecía! — exclamó la liebre—. ¡No ha podido tener mejor castigo! ¿Quién le mandó insultar al afligido y, además, meterse a consejero no sabiendo cuidarse ni él mismo?

No hay que burlarse de las desgracias ajenas, pues muy fácilmente nos podemos ver en la misma situación.

The Sheepherder and the Philosopher

In a small hut, far from the nearest village and days from the closest town, lived a sheepherder. He was not rich. He was not poor. He lived enjoying his days—there was nothing more he wanted. As he grew older, the days engaged in his work made him wise. So wise that his neighbors came to call him the sage of life and science.

One day, in a nearby town, a philosopher heard about the sheepherder. Educated in the best schools and most renowned colleges, the philosopher spent his days in search of wisdom.

"In such a place so remote, how can a sheepherder acquire so much knowledge?"

Curious, the philosopher went to visit the sheepherder. Three days later he arrived at the wise man's house and asked:

"Tell me, at what school did you get all the ideas in your head?
What are the books you read,
Which showed you how life should be led?

Do you know of Plato and Socrates?
Have you traveled to many places?
What do you know of languages, cultures, and races?"
"I have no formal education.
What I know is not from any publication,"
the old man humbly replied.
"About this I have never lied.
Traveled anywhere? No, I have not.
But any person can learn from nature what truly is, and what is not."

"With perseverance and teamwork a bee builds a comb,
and that is why he has a home.
Any ant, dedicated to bringing food into its little cave,
reveals how wise it is to save.
My dog is the role model of loyalty and fidelity—who I admire,
and to which I aspire.
The dove's good will and kindness teaches any family,
a lesson of peace by which to live happily.
Hens keep their babies warm and fed,
and like other birds, show parents skills that cannot be read."
So you see I have not learned from any professor,
But the wisdom of sage nature is none the lessor.

LUIS FERNANDO GUERRERO

With that the wise man went quiet and the philosopher exclaimed:

"What I heard of your virtue is fact.

"Your doctrine of nature is more truth than can be found in a library stack."

Look around you and observe.

If you examine what you see it will serve.

These experiences will teach both sense and science.

Contemplation is a wonderful education.

El pastor y el filósofo

En un pueblo bastante apartado vivía en su choza un anciano pastor. No conocía ni la mísera, ni la riqueza. Creció, siempre empleado en su labor, disfrutando la vida en contacto con la naturaleza y sin desear nada más. Por su dedicación al trabajo, siendo un buen observador, llegó a convertirse en un hombre ilustrado. Tanto que sus vecinos le llamaban "el sabio de la ciencia y de la vida."

Un filósofo de un pueblo cercano que había asistido a las mejores universidades en busca de sabiduría, oyó hablar sobre los conocimientos de este señor. "¿En un lugar tan remoto, cómo puede haber adquirido ese pastor tantos conocimientos?" Picado por la curiosidad, se fue a su casa y le preguntó, "Dime, ¿En qué escuela te hiciste sabio? ¿Qué libros leíste? ¿Dónde aprendiste tus sabias lecciones sobre la vida? ¿Has viajado por el mundo? ¿Conoces otras culturas? ¿Estudiasteis a Sócrates y a Platón?"

"Lo que sé no lo obtuve por una educación formal," respondió humildemente el pastor. "Ni otros países recorrí, ni en la escuela del mundo fui educado.

"Lo poco que sé me lo ha enseñado
La naturaleza en fáciles lecciones:
Aprendí, de la abeja, lo industrioso,
y de la hormiga, que en guardar se afana,
a pensar en el día de mañana.
Mi mastín, el hermoso y fiel, sin semejante,
de gratitud y de lealtad constante es el mejor modelo,
y, si acierto a copiarle, me consuelo.
Si mi nupcial amor lecciones toma las encuentra en la cándida paloma,
en la gallina a sus pollos abrigando,
con sus piadosas alas, como madre,
y las sencillas aves aun volando, reglas presentan para ser buen padre.

Es como te digo,
ni de escuela o profesor yo he aprendido.
Para saber de vida y de belleza nada como la lección de la naturaleza."

Entonces calló el viejo sabio.
"Tu virtud acredita, buen anciano,"
el filósofo exclama.
"Tu creencia verdadera y justa fama."
Así quien sus verdades examina
Con la meditación y la experiencia,
llegará a conocer virtud y ciencia.

Crickets and Frogs

In the beginning there was only one Old Cricket in the gully. He chirped.

Suddenly from a little patch of grass nearby came another chirp. Then another one, and again another. Soon the whole gully was chirping and singing. The song spilled out over the entire field and spread over the land with a great sweetness.

The Old Cricket became very worried. "Where am I?" he cried. "This cricket song is everywhere. Which song is my song? Which cricket am I?"

For a time everything grew very still and quiet in the Old Cricket's kingdom. There was a long silence that lasted many weeks.

Then all at once a great croaking chorus of frogs shattered the stillness of night.

As long as the ponds had been filled with clean pure water, the frogs were quiet. But when the water lilies, cattails, and bulrushes began to grow, the frogs started their song, and the night became alive with their croaking.

When the frogs stopped to rest their throats, the crickets started to chirp again more loudly than ever. The crickets and the frogs began a musical battle to see which could sing the loudest.

All the while the stars blinked down on them with approval. But which did the stars prefer? Were the stars blinking at the crickets or the frogs?

It was a noisy battle. First one chorus sang out a great rocking rhythm into the nights. Then the other began. Each one wanted the most silent part of the night for his song.

Finally the Old Cricket said, "Let us divide the night like a fruit, and each of us will sing for one half of the night." The crickets chose the most silent part of the night. So did the frogs. They could reach no agreement. From that day to this, they have never agreed.

And ever since, the Old Cricket keeps chirping, "Where am I? Which cricket am I?" And all the other crickets sing the same song: "Where am I? Which cricket am I?"

From here to the starry sky you can hear the Old Cricket chirping everywhere. He will never again be ONE cricket—never again.

Grillos y ranas

En el principio había un solo Viejo Grillo en la quebrada. Cantó.

De pronto, de una hierba punzada por sus notas, fueron saliendo otros y otros. Unas noches después, cantaba la quebrada entera; más tarde llegaron al llano donde el canto extendido fue cobrando una gran suavidad.

La desesperación del Viejo Grillo era ésta: ¿Dónde se encontraba él ahora, si cantaba en todas partes?

Por un tiempo todo fue silencio y quietud en el dominio del Viejo Grillo. La calma duró varias semanas.

Pero de pronto un inmenso coro de ranas rompió la quietud de la noche.

Mientras el agua de los estanques fue pura y límpida, las ranas no cantaban. Pero cuando los nenúfares, las espadañas, y los juncos invadieron sus aguas, empezó el canto malaventurado, y la noche vibró con su croar.

Cuando callaban para darle un descanso a sus gargantas, los grillos comenzaban su canto más fuerte que nunca. Fue así que empezó el duelo musical entre los grillos y las ranas para ver quién podía cantar más ruidosamente.

Se oía el desafío de las dos familias y las estrellas hacían su gran parpadeo de aprobación. ¿Pero a cuáles iba dirigida la aprobación?

El duelo era evidente. Uno de los coros se callaba a causa del otro que se columpiaba en la noche. Andaban disputándose el silencio.

El Viejo Grillo propuso a los sapos que partieran la noche como una fruta y cantase cada pueblo durante la mitad de ella. El obstáculo estuvo en que ambos coros eligieron el más puro gajo de la noche, y, hasta hoy, no hubo pacto.

Desde entonces el Viejo Grillo sigue cantando, "¿Dónde estoy? ¿Cuál soy yo?" Y todos los grillos cantan el mismo canto: "¿Dónde estoy? ¿Cuál soy yo?"

Y desde aquí hasta el cielo estrellado, se le escucha por todas partes. No será UNO nunca más, nunca más.

The Elephant and His Secret

Before the elephant was really an elephant, before he had a shape, or a size, or even any weight, he longed to be on earth. He wanted to be big and heavy.

One day the elephant found a great gray shadow that a huge mountain cast over the plain. He touched the shadow. It was wrinkled and rough like the mountain. He picked it up. It was as heavy as the mountain. He pulled it over his head like a great gray sweater, and lo and behold the shadow covered all of him.

The shadow hung a little loose and baggy at the seams since, after all, it was the shadow of a very big mountain. But it fitted the elephant well enough. It bulged where he bulged and it sagged where he sagged. It had wide flapping ears. It had a long, long nose that hung to the ground and looked like the trunk of a tree. And it had a short skinny tail, frayed at the end like a rope.

That is how the elephant got the shadow of a mountain for his body.

Now that he had a shape and a size and plenty of weight, the elephant was eager to go out and explore the world and meet the other animals. But one thing was still missing. He had no eyes since the shadow of the mountain never had eyes. The elephant could not see.

So the elephant made a wish. Nothing happened. He wished again. Still nothing happened. Then he wished very hard, harder than he had ever wished in his life. Suddenly two tiny eyes began to open. They weren't very much for such a big elephant. But they were a lot better than nothing.

At last the elephant had everything he needed to go out to see the world.

When the mountain saw her shadow stand up and start to walk away, she was astonished. "Where are you going?" she cried. "Don't forget to come back one day." Then she leaned down close to the elephant and whispered a secret in his ear.

The elephant listened. Then he smiled—the first time that an elephant had ever smiled. "Don't forget the secret," the mountain said.

"I won't forget," the elephant replied. He curled his long trunk high in the air and, waving good-bye to the mountain, he lumbered off to see the world.

On the first night he came upon a river that sparkled like diamonds. There at the side of the river hung a moonbeam caught between two tall bulrushes. The elephant slipped the tip of his trunk under the moonbeam to see if he could pluck it like a flower. But when he gave a quick upward flip with his trunk, he sliced the moonbeam right in two. There he was with half a moonbeam stuck firmly on each side of his trunk. Now the elephant had two magnificent tusks, curved and ivory white like the new moon.

At first all the other animals were afraid of the elephant. They hid among the grasses and behind the trees and around the bend in the river. But their eyes followed him wherever he went, watching him by day and by night.

"His eyes are so small and he is so big," cried the rabbit. "He will not be able to see us. He will crush us with his weight."

"But he is careful. He gropes along the ground, feeling his way with the tip of his trunk," said the lizard, who was in a good position to know.

"He swings his trunk as gently as the rocking waters of a pond," said the frog. "He must be a very gentle elephant."

And so bit by bit all the animals learned that the elephant would not hurt them. They began to come out from among the grasses and from behind the trees and from around the bend of the river.

Gradually they got used to the way the elephant looked. They got used to his shape and his size and his weight. They even got used to his eyes being so small. In fact the zebra once said, "Really, his eyes are quite a good size. Just about the size of mine. It is the rest of him that is too big."

As the animals grew more confident, they began to give him advice.

The deer said, "You should not let your ears hang down loose like the leaves of a banana plant, because that way they will never catch the wind." And she pricked up her ears to show the elephant how ears should be.

The gazelle, gazing at the great columns of the elephant's legs, said, "Look at those legs! They are like Hindu temples. Not like mine, rounded haunches that taper down to the fineness of an arrow."

The Arabian horse said, "What a small tail for such a big body! A tail should be wide and uncombed and fly free like a flag!"

The elephant listened patiently. He did not get angry. And it was a good thing, too, because if he had lost his temper and bellowed and stamped his feet, he would have caused an earthquake that would have shaken the whole continent and half the sea besides.

Instead he smiled.

"He smiles as if he had a wonderful secret," thought the owl as he opened one eye in the dark.

Little by little all the animals learned that the elephant was very kind.

One day Mother Monkey lost her baby, who had skittered up a very tall tree.

"He doesn't come when I call," cried Mother Monkey.

"I've looked and I've looked and I don't see him anywhere. There are so many branches and so many trees. I shall never be able to find him!" Great tears rolled down her face.

"Dry your tears, Mother Monkey," said the elephant. "I can see your baby. He has fallen asleep on the highest branch of the cottonwood tree." Standing very tall, the elephant reached up with his trunk and wrapped its soft velvet tip around the sleeping baby monkey and lowered him gently into his mother's arms.

Another day he heard the giraffe sighing. "What is the matter, giraffe?" asked the elephant.

"Oh, elephant, I shouldn't complain. I am very happy that my long neck reaches up to the topmost part of the tree where the leaves grow green and delicious. But while my head is so high, my tail is so low that I cannot keep the flies off my back."

"I will help you," said the elephant, and with his short skinny tail, frayed at the end like a rope, he swished all the flies from the giraffe's back.

And on still another day, an old, sick rhinoceros came shuffling along and got stuck between two enormous trees. "I'm wedged in and I'll never get out," wailed the rhinoceros. "And no other animal is strong enough to help me."

"I am strong enough," said the elephant. With his long tusks, curved and ivory white like the new moon, he pulled and pushed at the trees until they bent, and he set the old rhinoceros free.

And so the animals grew to love the elephant as their friend.

By now the elephant had seen much of the world, and he had made friends in all parts of the earth. But sometimes he longed to see his friend the mountain again. Then he would think of the secret the mountain had whispered in his ear, and he wondered when it would come to pass.

One day it happened.

Lo and behold, a large drop of rain fell right on the elephant's forehead. Then another drop. Then another, until raindrops were splashing all around him. At first the drops fell in a slow uneven beat, then in a fast patter. Finally the rain came in a torrent, falling thick and fast.

"This is it!" exclaimed the elephant. "This is the secret that the mountain whispered in my ear. This is the beginning of the Second Deluge. It will rain for forty days. And it will rain for forty nights. The waters will cover the land. And I, the elephant, will save all the animals of the world."

The other animals were swimming and splashing around in the torrent. Even the giraffe was up to his ears.

"Oh, help us, elephant! Help us!" brayed the donkey, whose frightened voice could be heard above the storm.

"Climb on my back!" the elephant called out cheerfully. "Just climb on my back!"

So all the animals, big and small, climbed up. They clung to his neck. They rode on his tusks. They hung from his tail. And the elephant set out on his long journey halfway around the world, wading and swimming through the rising floods. He held his trunk high like a tall mast. He spread his great ears to the wind like sails.

At last, trumpeting his arrival like a ship coming into port, the elephant brought all the animals safe to Ararat, that high mountain where Noah's Ark landed thousands of years before—the very same mountain that had whispered the secret in his ear, and whose great gray shadow had become his very own body when he set out on his adventures in the world.

El elefante y su secreto

Antes de que el elefante fuera realmente un elefante, antes de que tuviera forma o tamaño, o siquiera peso, él quería estar en la tierra. El quería ser grande y pesado. Un día, el elefante encontró una enorme sombra gris que una grandísima montaña proyectaba sobre el llano. Tocó la sombra. Era arrugada y áspera como la montaña. La recogió. Era tan pesada como la montaña. Se la puso sobre la cabeza como un gran suéter gris, y maravilla de maravillas, la sombra lo cubrió por entero.

La sombra le caía un poco suelta y abolsada en las costuras, ya que después de todo, era la sombra de una montaña muy grande. Pero le quedaba bastante bien al elefante. Abultaba donde él abultaba y se hundía donde él se hundía. Tenía anchas orejas colgantes. Tenía una larguísima nariz que colgaba hasta el suelo y que parecía el tronco de un árbol. Y tenía una corta y delgada colita que terminaba deshilachada como una soguita. Así es como el elefante adquirió la sombra de una montaña como cuerpo.

Ahora que él tenía forma y tamaño, y bastante peso, el elefante tuvo ganas de salir a explorar el mundo y conocer a los otros animales. Pero le faltaba todavía una cosa. El no tenía ojos, dado que la sombra de la montaña nunca tuvo ojos. El elefante no podía ver.

Así que el elefante pidió al cielo. Nada sucedió. El suplicó otra vez. Pero otra vez nada. Entonces él rogó con toda el alma, como nunca había rogado en su vida. De repente, dos ojitos empezaron a abrirse. No eran de tamaño apropiado para aquel enorme elefante, pero eran mucho mejor que nada.

Por fin el elefante tenía todo lo que él necesitaba para irse a ver el mundo.

Cuando la montaña vio que su sombra se incorporaba y comenzaba a alejarse, se quedó asombrada. "¿A dónde vas?" le gritó. "¡No te olvides de volver algún día!" Entonces se inclinó, acercándose al elefante, y le susurró un secreto al oído.

El elefante escuchó. Entonces se sonrió: era la primera vez que un elefante se sonreía. "No olvides el secreto," dijo la montaña.

"No lo olvidaré," respondió el elefante. Después, enroscó su larga trompa en el aire y la sacudió, despidiéndose así de la montaña, y se fue a ver el mundo.

La primera noche él llegó hasta un río que brillaba como diamantes. Allí, a la orilla del río, colgaba un rayo de luna cogido entre dos altos juncos. El elefante deslizó el extremo de su trompa bajo el rayo de luna para ver si él podía cortarlo como una flor. Pero cuando le dio una sacudida rápida, rasgó el rayo de luna en dos. Ahí estaba él, con medio rayo de luna pegado a cada lado de su trompa. Ahora el elefante tenía dos colmillos magníficos, encorvados y de un blanco marfil como la luna nueva.

Al principio, los otros animales tenían miedo del elefante. Ellos se escondían entre las hierbas, detrás de los árboles y al otro lado del recodo del río. Pero sus ojos lo seguían dondequiera que él iba, vigilándolo día y noche.

"Sus ojos son tan pequeños y él es tan grande," gritó el conejo. "El no nos podrá ver. El nos aplastará con su peso."

"Pero él es cuidadoso. El tantea por el suelo buscando el camino con la punta de su trompa," dijo la lagartija que mejor que nadie podía saberlo.

"El balancea su trompa tan suavemente como las ondulantes aguas de una laguna," dijo la rana. "El debe ser un elefante muy manso."

Y así poco a poco todos los animales comprendieron que el elefante no les haría daño. Empezaron a salir de entre las hierbas y de detrás de los árboles y del otro lado del recodo del río.

Gradualmente ellos se acostumbraron a la apariencia del elefante. Ellos se acostumbraron a su forma, a su tamaño, y a su peso. Ellos incluso se acostumbraron a sus ojos que eran tan pequeños. Tanto, que la cebra dijo una vez, "De verdad sus ojos son de bastante buen tamaño. Más o menos del tamaño de los míos. Es el resto de él lo que es demasiado grande."

A medida que los animales ganaban más confianza, ellos empezaron a darle consejos.

El ciervo le dijo, "No debes dejar que tus orejas cuelguen sueltas como las hojas de un plátano, porque así no cogerán el viento." Y aguzó sus orejas para mostrar al elefante cómo debían ser las orejas.

La gacela, mirándole las grandes columnas de sus piernas, le dijo, "¡Mira esas piernas! Son como los templos hindúes; no como las mías, ancas redondeadas que van bajando hasta hacerse saetas."

Y el caballo árabe dijo, "Qué cola pequeña para ese cuerpote. La cola ha de ser ancha y despeinada, ondeando libre como una bandera."

El elefante escuchaba pacientemente. El no se enojaba. Y esto era bueno también, porque si él hubiera perdido la paciencia y hubiera bramado y pateado el suelo, hubiera provocado un terremoto que habría estremecido todo el continente y la mitad del mar también.

En vez de esto, él sonreía.

"El sonríe como si tuviera un maravilloso secreto," pensó el búho, abriendo un ojo en la obscuridad.

Poco a poco, todos los animales comprendieron que el elefante era muy bondadoso.

Un día la Mamá Mona perdió a su hijito que se había trepado a un árbol muy alto.

"No viene cuando lo llamo," sollozó la Mamá Mona. "Lo he buscado y buscado y no lo encuentro por ninguna parte. ¡Hay tantas ramas y tantos árboles! ¡Nunca podré encontrarlo!" Gruesos lagrimones rodaban por su cara.

"Sécate las lagrimas, Mamá Mona," dijo el elefante. "Yo puedo ver a tu hijito. El se ha quedado dormido en la rama más alta de una ceiba." Irguiéndose el elefante alzó la trompa y con su suave punta aterciopelada envolvió al monito dormido y lo depositó suavemente en los brazos de su madre.

En otra ocasión él oyó a la jirafa suspirando. "¿Qué te pasa, jirafa?" preguntó el elefante.

"¡Ay! elefante, no debía quejarme. Estoy muy contenta con que mi largo cuello alcance hasta lo más alto del árbol donde las hojas crecen verdes y deliciosas. Pero mientras mi cabeza está tan arriba, mi cola está tan abajo que no puedo espantarme las moscas de la espalda."

"Yo te ayudaré," dijo el elefante, y con su colita corta y delgada, deshilachada en la punta como una soguita, él sacudió todas las moscas de la espalda de la jirafa.

Y aún otro día, un viejo rinoceronte enfermo que venía arrastrando los pies, se quedó atrapado entre dos árboles gigantescos. "Estoy metido aquí y nunca podré salir," gimió el rinoceronte. "Y no hay ningún otro animal que sea bastante fuerte para ayudarme."

"Yo soy bastante fuerte," dijo el elefante. Con sus largos colmillos, encorvados y de blanco marfil como la luna nueva, él haló y empujó hasta que los árboles se doblaron dejando libre al viejo rinoceronte.

Y así los animales aprendieron a amar el elefante como a un amigo.

Ya el elefante había visto mucho del mundo, y tenía muchos amigos por todas partes de la tierra. Pero a veces él deseaba ver otra vez a su amiga la montaña. Entonces él pensaba en el secreto que la montaña le había susurrado al oído, y él se preguntaba cuándo ocurriría.

Un día sucedió.

Maravilla de maravillas, una enorme gota de lluvia cayó justo en la frente del elefante. Después, otra gota. Después otra, hasta que las gotas estaban salpicando por todas partes alrededor de él. Al principio las gotas caían con un ritmo lento y desigual, después, con un golpeteo rápido. Finalmente la lluvia cayó en un torrente, denso y vertiginoso.

"¡Esto es!" exclamó el elefante. "Este es el secreto que la montaña me susurró al oído. Es el comienzo del segundo Diluvio Universal. Lloverá durante cuarenta días. Y lloverá durante cuarenta noches. Las aguas cubrirán toda la tierra. Y yo, el elefante, salvaré a todos los animales del mundo."

Los otros animales estaban nadando y chapoteando en el torrente. Hasta la jirafa estaba hasta las orejas.

"¡Por favor! ¡Ayúdanos, elefante! ¡Ayúdanos!" rebuznó el asno cuya voz llena de espanto se oía por encima de la tormenta.

"Trepa a mi espalda," dijo el elefante con ánimo. "Súbanse."

Así todos los otros animales, grandes y pequeños, se subieron. Ellos se pegaban a su cuello, cabalgaban en sus colmillos y colgaban de su cola. Y el elefante empezó su largo viaje alrededor del mundo, vadeando y nadando a través de las crecientes aguas. El mantuvo su trompa enhiesta como un alto mástil. El abrió sus grandes orejas al viento como velas.

Por último, anunciando estrepitosamente su llegada, como una nave llegando a puerto, el elefante condujo a todos los animales, sanos y salvos, a Ararat, la alta montaña donde el Arca de Noé había llegado miles de años antes, la misma montaña que le había susurrado el secreto al oído, y cuya gran sombra gris se había transformado en su propio cuerpo cuando él comenzó sus aventuras por el mundo.

CAN YOU UNRAVEL THESE RIDDLES?

From the earth I went to the skies
From the skies I went back to the earth
I am not a god, yet not being a god
Just like a god, everyone expects me.

De la tierra subí al cielo;
Del cielo bajé a la tierra.
No soy Dios, y sin ser Dios,
Como al mismo Dios me esperan.

The Rain   La lluvia

Less than six inches from each other,
they see everything except themselves.

A menos de seis pulgadas de distancia hay
dos niñas y no se pueden ver ni tocar.

The Iris of Your Eyes   La niñas de los ojos

In the skies I am made of water,
On earth I am made of dust,
In churches I am made of smoke
And a veil I appear to your eyes.

En el cielo soy de agua,
En la tierra soy de polvo,
En las iglesias de humo
Y una telita en los ojos.

A Cloud   La nube

I am a very small box,
White like a piece of chalk,
Which everyone one can open,
But none of us can shut.

Una caja muy chiquita,
Blanquita como la cal.
Todos la saben abrir,
Nadie la sabe cerrar.

The Egg   El huevo

In the spring I decorate the outdoors with my colors,
In the fall I give you food to eat,
Beneath me you find shade in the hot summer,
And in the winter I give you fire with which to heat.

Te adorno en la primavera,
En otoño te alimento,
Te refresco en el verano
Y en invierno te caliento.

The Tree   El árbol

I am big, very big
Larger than the earth
I burn, but won't burn out.
I burn, but am not on fire.

Grande, es muy grande,
Mayor que la tierra;
Arde y no se quema;
Quema y no es candela.

The Sun   El sol

I stand very proud,
A great gentleman,
With a red hat, a gold cape,
And steel spurs on my feet.

Muy arrogante,
Gran caballero,
Gorra de grana, Capa dorada
Y espuelas de acero.

The Rooster   El gallo

Fairy Tales and Stories

Little Miss Martinez

A CUBAN FAIRY TALE

RETOLD BY
DR. MARTA BARROS LOUBRIEL

Once upon a time there was a little bug whose name was Miss Martinez. She lived in a tiny house and worked hard to keep it tidy. One day as she swept her front porch she found a gold coin. She sat on her porch to think what she would do with her bit of money.

"Should I buy candies? Oh no!" she thought, "My friends will call me indulgent!"

"Should I buy shoes? Oh no!" she thought, "My friends will tell me I am vain!"

Miss Martinez thought for a long time and decided to buy some nice smelling powder.

The next day, she cleaned her little house. When she was done, Miss Martinez used her new powder and sat on her porch to see if anyone would notice.

After a while her neighbor, the little bull, passed by. "Miss Martinez, how pretty you look!"

"Thank you for the compliment, Mister Bull," said the little bug, Miss Martinez.

"Would you marry me?" asked the little bull.

"And in the mornings, what would you say to me?"

"MOOO, MOOO!" said the little bull proudly.

"Oh, no! That would frighten me!"

So the little bull went on his way.

Some time later another neighbor passed by. This time it was the rooster. He said: "Miss Martinez, how beautiful you look!"

"Thank you, Mister Rooster, for the compliment."

"Would you marry me?" he asked.

"And in the mornings, what would you say to me?"

"COO COORU COO COO COO!" replied the rooster.

"Oh, no! That would frighten me!"

So the rooster went on his way.

Just a little while later a puppy passed by.

"Miss Martinez, how gorgeous you look!" said the puppy.

"Would you marry me?" he asked.

"And in the mornings, what would you say to me?" said the little bug, Miss Martinez.

"BOW, WOW, WOW!!!" barked the puppy.

"Oh, no! That would frighten me!"

And so, the puppy also went along on his way.

Some time passed and in front of Miss Martinez's porch passed a goat, who exclaimed "Miss Martinez, how pretty you are!"

"Thank you, Mister Goat."

"Would you marry me?" he asked.

"And in the mornings, what would you say to me?"

"BEHHHHH, BEHHHHHH" said the goat as he stretched his neck.

"Oh, no, no! That would frighten me."

Mister Goat went on his way.

Some time later Mister Perez, the small mouse, passed by.

"Miss Martinez, how attractive you are!"

"Thank you, Mister Perez."

"Would you marry me?, he asked.

"And in the mornings, what would you say to me?"

"Kiiii, kiii," said the mouse. It sounded like a little whistle.

"Oh, how pretty! Like that I will not be frightened."

And so Miss Martinez the little bug and Mister Perez the little mouse were married. Some days later Miss Martinez was on her way to the market. She called upon Mister

Perez and said, "Mister Perez, I am going out for a bit. Please take care of the soup I have on the stove and stir it well."

With that Miss Martinez left. The little mouse climbed up to the brim of the pot and began to stir the soup with a spoon. He felt the urge to try the soup. With the spoon he leaned in a little to get an onion. And while doing that he fell into the pot!

When Miss Martinez returned from the market she went looking for Mister Perez and found him in the soup pot.

Miss Martinez began to cry and the neighbors tried to console her. When they asked her what had occurred she sadly sang:

Mister Perez
fell into the hot,
because he would not
go without a taste from the pot!
And now this little bug
cannot stop her cries and is sour,
because she will never get another hug
hour after hour.

La cucarachita Martina

UN CUENTO CUBANO

ESCRITO POR
DRA. MARTA BARROS LOUBRIEL

Había una vez una cucarachita llamada Martina que vivía en una casita muy chiquitita. Era muy trabajadora y limpiaba todas las mañanas el frente de su casa. Un día se encontró una moneda. Entonces se sentó a pensar lo que haría con la moneda.

—¿Compraré caramelos? ¡No, no, no, los vecinos me dirán que soy golosa!

—¿Compraré zapatos? ¡No, no, no, los vecinos me llamarán vanidosa!

La cucarachita estuvo pensando mucho tiempo y decidió comprar con la moneda una caja de polvos olorosos.

Al siguiente día se empolvó bien y se sentó frente a su casa para que los vecinos se fijaran en lo bonita que se veía.

Al cabo de un rato, pasó un torito y le dijo,—Cucarachita Martina, ¡qué bella estás!

—Gracias, señor torito, por el piropo.

—¿Te quieres casar conmigo?

—¿Y cómo me llamarás?

—¡Muuu, muuu, muuu!

—¡No, no, no, así me asustarás!

El torito siguió su camino.

Al rato pasó un gallito y le dijo,—¡Cucarachita Martina, qué hermosa estás!

—Gracias, señor gallito, por el piropo.

—¿Te quieres casar conmigo?

—¿Y cómo me llamarás?

—¡Quiquiriquí, quiquiriquí!

—¡Ay, no, no, así me asustarás!

El gallito siguió su camino.

Al poco rato pasó un perrito y le dijo,—¡Cucarachita Martina, qué preciosa estás!

—Gracias, señor perrito, por el piropo.

—¿Te quieres casar conmigo?

—¿Y cómo me llamarás?

—¡Gua, gua, gua!

—¡No, no, no, así me asustarás!

El perrito prosiguió su camino.

Al rato pasó un chivito y le dijo,—¡Cucarachita Martina, qué linda estás!

—Gracias, señor chivito.

—¿Te quieres casar conmigo?

—¿Y cómo me llamarás?

—¡Bee, beeee!

—¡No, no, así me asustarás!

El chivito prosiguió su camino.

Al rato apareció el ratoncito Pérez.

—¡Cucarachita Martina, qué guapa estás!

—Gracias, señor ratoncito.

—¿Te quieres casar conmigo?

—¿Y cómo me llamarás?

—¡Gui, guiii!

—¡Ay, qué lindo, así no me asustarás!

La cucarachita Martina y el ratoncito Pérez se casaron. Al otro día la cucarachita tuvo que ir al mercado a hacer la compra. Llamó al ratoncito y le dijo,—Ratoncito Pérez, voy a salir un momento. Cuídame la sopa que tengo en la olla y revuélvela bien.

ANA LÓPEZ ESCRIVÁ

La cucarachita se fue. El ratoncito se encaramó encima de la olla y empezó a revolver la sopa con una cuchara. Sintió la tentación de probarla. Al ir a sacar una cebollita, ¡Ay! se cayó dentro de la olla.

Cuando la cucarachita regresó del mercado, fue a buscar al ratoncito Pérez y lo encontró flotando en la sopa.

La cucarachita empezó a gritar y acudieron los vecinos a consolarla. Al preguntársele lo que había ocurrido, ella decía muy desconsolada:

—¡El ratoncito Pérez
cayó en la olla
por la golosina
de la cebolla!
¡Y la cucarachita
le canta y le llora
muy angustiadita
hora tras hora!

John, the Silly Boy

Throughout Mexico and Puerto Rico there are many stories about John, the Silly Boy. John makes many mistakes, but in the end good things happen. This is because John is honest and always means well. This story tells of how John became a rich boy.

Once upon a time lived a young boy who always meant well but made many silly mistakes. His mother named him John. But everyone in his village called him Silly John.

One day John's mother sent him on an errand. "We need rice. Find the fattest chicken in our coop and sell her to the grocer. Then buy us a bag of rice with the money you are paid."

"I am on my way," replied John. He went to the yard and picked a chicken from the chicken coop. John then started his long walk to the grocery store.

On the way to the grocer, John came across a big group of people. Among them was a bride dressed in white and her new husband. Because John was young, from a very small town, and had little experience, he did not really know how to greet people he did not know well. But the week before, John had gone with his mother to a funeral. He remembered how his mother greeted people and said to the newlyweds, "I am so sorry for your loss."

SHANNON WORKMAN

Confused, and a little insulted, the new husband replied, "What are you saying! That is how you greet people when something sad has happened. The next time you see a group you should proclaim, 'Hurrah! Hurrah! Live long and happy!'"

John understood he had made a mistake, and promised the husband, "I will do just that."

A little while later John came across the butcher. He was walking down the road with his children and some pigs he had just bought. John, thinking he knew how to greet this group, shouted "Hurrah! Hurrah! Live long and happy!"

The pigs, scared by John's shouts, began to run. The butcher and his children had to run after them until they caught up. Tired, and a little mad, the butcher looked at John. John realized he had made a mistake. The butcher gave him this advice: "When you come across another group like this the right thing to say is, 'May God give you two for every one one you have.'"

John understood he had made a mistake and promised the butcher, "I will do just that."

John was right outside the town when he saw a farmer. The farmer had spent the day weeding his fields. When John came upon him, the farmer was burning a big pile of weeds. John remembered the butcher's advice. Thinking he knew how to greet the farmer he said, "May God give you two for every one one you have."

"Little boy! What are you saying!" John knew right away that his greeting was wrong. Now he felt sad. He had tried to greet everyone the proper way but had made a mistake each time. John started to cry. He told the farmer all that had happened on his walk into town. He told the farmer about the newlyweds, the butcher, and the mistakes he made greeting them. The farmer listened to all John said. Then he gave him some advice.

"Son, it seems you make mistakes a lot. Instead of saying silly greetings, next time you come across a group greet them by offering your help."

On top of all his other mistakes, the next time John had bad luck as well. He came across two men fighting. John remembered the farmer's advice and offered his help.

"Wait, sirs, I will help you."

These men were big and strong. When John offered his help they stopped fighting and started to laugh. One of them gave John this advice: "It would be better to say 'Please sirs, do not fight.' You are too young to fight with us."

"I will do just that," John replied.

John arrived at the grocery store. He was thinking of all the mistakes he had made. "I hope I have better luck on the way home." He sold the chicken, bought the large bag of rice, and started the walk back home.

In a short time he saw two men walking towards him on the road. John was embarrassed with all the mistakes of the day. He did not want to make any more. There was a tree off of the road. John decided to climb it and hide in its leaves until the men passed. That way he would not greet them and did not make a mistake.

Again John had bad luck. When the men saw the tree they decided to rest underneath its shade. One of the men said to the other, "In the shade we can count the money without anyone noticing what we are doing." One of the men then emptied a bag filled with gold coins. There were so many of them that the coins formed a small hill. The other man spoke. "What are you doing! Anyone passing by will see this hill of gold coins and know what we did." The men were thieves. John did not notice this. But he did notice that these men were fighting. The situation was just like the one before. He was sure of how to greet them.

"Please sirs, do not fight."

At the moment John said this his bag of rice split and the rice came pouring down from the tree onto the thieves. They thought it was someone trying to punish them. "Run, Run! Do not come after us. Keep all the money," they yelled as they ran away, leaving behind the hill of gold coins.

"Yes! At last I have said the right thing! The men are so thankful that I helped end their fight. Look at the present they have left me!" thought John. John felt better about the day. He climbed down the tree and began to pick up the rice and the coins. When the bag was full, John continued walking home. When he arrived he showed his mother what he brought.

"We are rich!" said John's mom. "How did this happen?"

"Mom, there is not much to explain. It is easy to find wealth if you are courteous and take the advice of others."

And that is the story of Silly John and how he became a wealthy boy.

Juan Bobo, el rico

Se han escrito ya muchas historietas sobre el personaje de Juan Bobo, por la general, de origen mexicano o puertorriqueño. Todas se basan en la serie de errores que el pequeño comete pero siempre con un final feliz, por ser éste un joven honesto y bien intencionado. En el cuento que nos ocupa hoy se relata cómo, a pesar de todo Juan Bobo logró hacerse rico.

Erase una vez un niño de muy buena voluntad pero que hacía muchas tonterías. Su mamá le llamaba Juan pero los demás en el pueblo le decían Juan Bobo. Un día la madre le dijo, "Juan, nos hace falta arroz. Vete al corral, agarra la gallina más gorda y véndela en el mercado. Con el dinero que recojas compra una bolsa de arroz."

"Ya voy," respondió Juan quien salió inmediatamente al patio, tomó la gallina y se dirigió hacia el pueblo.

En el camino se encontró con un grupo grande de personas entre las que venía una novia toda vestida de blanco junto a su nuevo marido. Como fue criado en el campo, Juan Bobo no había tenido oportunidad de relacionarse mucho ni de hacer amistades. Pero recordó que, en la semana anterior, acompañando a su mamá a un funeral, ésta había saludado diciendo, "Reciban ustedes mi más sentido pésame." Esa misma frase se la repitió a los recién casados, por lo que el novio, insultado, le respondió, "¿Qué dices? Así se saluda sólo en ocasiones tristes. Cuando te encuentres con desconocidos los recibes con un ¡Viva, Viva!" Juan Bobo comprendió su error y así prometió hacerlo la próxima vez.

Poco tiempo después, Juan Bobo vio venir al carnicero que caminaba con sus hijos junto a unos cerdos que acababa de comprar. Creyendo que ya conocía la forma apropiada de saludar les grito, "¡Viva, Viva!" Los cerdos, asustados al oírlo, se echaron a correr, por lo que el carnicero y sus hijos tuvieron que seguirlos jadeantes hasta lograr alcanzarlos. El carnicero, aunque molesto, le hizo ver a Juan Bobo el error cometido y le advirtió, "Si otra vez te encuentras con un grupo semejante, lo apropiado es decir que 'Dios le de dos por uno.'"

"Así mismo lo haré," respondió Juan Bobo.

Ya casi llegando al mercado del pueblo, le pasó por el lado a un campesino. Este había estado todo el día combatiendo las yerbas malas de su prado y en ese momento las quemaba todas. Pensando en la recomendación del carnicero, Juan Bobo creyó que esta vez sí sabía el saludo apropiado, por lo que jovialmente dijo, "Dios le dé dos por uno."

"¡Niño! ¿Qué dices?" respondió airado el campesino. Juan Bobo se dio cuenta al instante que otra vez su saludo estuvo mal por lo que, muy entristecido, se echó a llorar y le contó todas sus tribulaciones: la situación con los recién casados, la del carnicero y las muchas equivocaciones al saludar. El campesino lo escuchó atento y a continuación lo aconsejó diciéndole, "Hijo, me parece que te equivocas fácilmente. La próxima vez, en vez de decir tonterías, saluda con un gesto y dedícate a ayudar al prójimo."

Juan Bobo se despidió del campesino muy agobiado por su mala suerte y por su propensión al error. Poco tiempo después se topó con dos hombres que estaban peleando. Aplicando el consejo anterior recibido, se detuvo enseguida y ofreció su ayuda diciendo, "¡Esperen señores, aguanten, yo los ayudaré!"

Los dos señores eran un par de hombres grandes y fuertes y al oír el ofrecimiento del pequeño no pudieron contener la risa por lo que detuvieron su pelea. Uno de ellos le respondió, "Eres muy chico para pelear con nosotros. Lo mejor que puedes es pedir: No se peleen, por favor, señores."

"Muy bien, así lo haré la próxima vez," les contestó Juan Bobo.

Pensando en las muchas veces que se había equivocado en un solo día, al fin Juan Bobo llegó al mercado. "Espero tener mejor suerte al regresar," se dijo bastante frustrado por lo pasado. Seguidamente vendió la gallina compró la bolsa de arroz e inició la vuelta a su casa.

LUIS FERNANDO GUERRERO

Al rato divisó que a poca distancia se acercaba un grupo de hombres. Avergonzado por tantos errores cometidos esa mañana, decidió subirse a un árbol para no ser visto. "Aquí espero a que pase el grupo, pues no sé como saludarlos," se dijo. Pero con la clase de suerte que le acompañaba, los hombres no pasaron sino que se sentaron justo debajo del árbol. Uno de ellos le dijo a otro, "Aquí en esta sombra podemos contar bien el dinero sin que nadie se percate de lo que hacemos." Y hablando y diciendo vació una bolsa llena de monedas, formando con ellas una pequeña loma. "¿Qué haces?" habló otro encoler-izado. "Cualquiera que pase se dará cuenta al ver la montaña de dinero." Y así comenzó una gran discusión entre estos ya reconocidos ladrones. De esta condición no se dio cuenta Juan Bobo pero sí de que se peleaban por la cuestión del dinero. Recordando la situación anterior en que se vio envuelto exacta a la que observaba en estos momentos, muy seguro de sí mismo les gritó, "¡No peleen, señores, por favor!" rompiendo, al moverse para hablar, la bolsa de arroz que llevaba consigo. Los ladrones, al sentir caer sobre ellos tal lluvia de arroz pensaron que era un castigo de los dioses y clamaron aterrados, "¡Socorro, socorro. Los dioses nos castigan! Regalamos el dinero!" A renglón seguido huyeron despavoridos, dejando la montaña de monedas atrás.

"¡Ahora sí que he saludado bien, al final! Estos hombres tan agradecidos me han hecho un buen regalo," pensó muy contento Juan Bobo. Y bajándose del árbol recogió en su bolsa el arroz y las monedas y emprendió el camino a su casa. Cuando llegó allí, le mostró a su madre todo lo que traía en sus brazos exclamando, "¡Mira mamá, somos ricos!"

"¿Y cómo sucedió?" preguntó ella asombrada.

"Madre, no es necesario explicar. Si se es cortés y obediente con todo el mundo es fácil hacerse rico."

The Haunted House of Ponce de Leon

A LEGEND FROM PUERTO RICO

Ponce de León lived in Puerto Rico more than four hundred years ago. He owned a marvelous home in the town of Caparra. When the explorer died in battle, fighting the Seminole Indians of Florida, the government took over the house. The place was large: There were byway stairs made from native wood, that led to the second floor and its seven bedrooms. A balcony surrounded this second floor on all sides. Ponce de León's room had two doors that opened onto the balcony. The people of Caparra remembered well how the explorer spent the hours after dinner and before bedtime on this balcony.

After Ponce de León died, the governor appointed Gaspar de Hinojosa guardian of the old house. Gaspar moved into the second floor with his two daughters and his wife, Maria. Within a week Gaspar went to speak with the governor.

"Governor, I have come to let you know that you need to find another guardian for the house. On my family's request, I have abandoned the Captain's house."

The governor looked at him and asked, "Is the house too old? Have you found a better job or a more modern home?"

"Oh, no!" answered Gaspar. "We moved to a rather small hut that is quite far from the center of town." The governor was confused. The job paid well and the house was marvelous. "Why are you leaving this wonderful house in the city? Each of your family members can have two bedrooms! You'd prefer a small one room place far away?"

A bit scared, Gaspar explained, "The house is haunted!"

"What do you mean, haunted?"

"A few days after we moved we began hearing noises. The noise came from upstairs. They started each night after dinner. We usually spend this time talking or helping the girls with their homework. At first we thought the noises were mice that ran in the walls upstairs when they heard no people up there. But one night my wife was tired. She went upstairs to go to sleep early. She heard the noises and followed them out onto the balcony. When she opened the door, there was the Captain with his back to her! He had on his helmet and his boots and was dressed for battle! After that night we have never gone upstairs early. Each night we hear the captain's boots as he marches back and forth across the balcony. You can see why my wife and the girls are frightened. The house is haunted!"

The governor believed Gaspar. Ponce de León had died in an angry battle. It was possible that his spirit was not at peace. The governor called the bishop. These two decided they would say a mass for the explorer—that his spirit may rest in peace.

Some time after the mass the governor appointed a new guardian for the house. But he did not last the first week. "We have seen the ghost of the explorer!" The second guardian told the governor about the silhouette of the explorer's ghost. How he and his family had seen the ghost, sword in hand, talking and marching across the balcony. No, they did not see his face. But it was the ghost of Ponce de León for sure!

Each time a new guardian was appointed he told of the same occurrence: Each day at dusk the figure of Ponce de León, in uniform with helmet and boots, marched from one end of the balcony to the other. Many masses were offered for the peaceful rest of the explorer's spirit. But none achieved its goal. The bishop and the governor decided to give up. They closed the house and moved the furniture and paintings of the explorer somewhere else. They even nailed wood boards to all the windows and around the balcony.

And that would have been the end of the story and the legend of Ponce de León's ghost. And it was for many years. But then one day the bishop went to the governor's office and asked to see him. He wanted to tell the governor the real story of the ghost of Ponce de León.

"I come from giving last rites to an old man who has lived here all his life. He asked that I come and tell you of his last confession. The old man was a great admirer of Ponce de León. When he heard of the explorer's death he devised a ritual—part in honor of Ponce de León, part as an exercise with hopes of developing similar courage. Each night when he was finished his dinner, the old man scaled the side of the explorer's home and climbed onto the balcony. There, dressed just like the explorer, he marched back in forth until the day the house was boarded up!"

And that was the real story behind the haunted house of Ponce de León.

La casa encantada de Ponce de Leon

UNA LEGENDE DE PUERTO RICO

Hace más de cuatrocientos años que Ponce de León vivió en la isla de Puerto Rico. El Conquistador murió en la Florida en batalla contra los indios semínolas. Al no regresar a Puerto Rico el gobierno quedó encargado de su magnífica casa en Caparra. Era una casa grande: Por los escalones, hechos de maderas del país, se subía a siete habitaciones en el segundo piso. A este piso le rodeaba un amplio balcón por todos los costados. La habitación del Conquistador tenía dos puertas que daban al balcón. Todos los de Caparra recordaban cómo, en vida, el Conquistador se pasaba horas en este balcón después de la cena y antes de acostarse.

Al morir Ponce de León, el Gobierno nombró a un señor llamado Gaspar de Hinojosa, como guardián de la antigua casa. Gaspar se mudó al segundo piso con sus dos niños y su esposa, María. Pero en menos de una semana fue a hablar con el oficial del gobierno que lo había nombrado en dicha posición.

"Señor Alcalde, he venido a anunciarle que necesita nombrar a otro guardián. Para complacer a mi familia he abandonado la casa del Capitán." El señor Alcalde lo miró y le preguntó asombrado, "¿La casa está muy vieja? ¿Has encontrado un trabajo mejor o una casa más moderna?"

"¡Oh, no!" respondió Gaspar. "Estamos en un bohío pequeño bastante lejos de la ciudad." El oficial pareció confundido. Él le había ofrecido a Gaspar un buen sueldo por su trabajo y la casa del Capitán era maravillosa. "¿Por qué dejas una gran casa en la ciudad con tantas habitaciones que a cada miembro de la familia le tocan dos, por un cuchitril apretado y tan alejado?" Un poco asustado, Gaspar contestó, "¡Es que la casa está encantada!"

"¿Cómo que encantada?" preguntó el Alcalde.

"Sí, Señor, a los pocos días de llegar empezamos a oír ruidos en el segundo piso, después de la cena. Como nos pasamos ese tiempo hasta irnos a dormir platicando, o ayudando a las niñas con las tareas, pensamos que tal vez eran ratones corriendo por las paredes del segundo piso cuando no escuchaban a nadie allí. Pero una noche mi mujer, bastante cansada, subió con intenciones de acostarse temprano. Ella notó los ruidos y los siguió hasta al balcón. ¡Cuando abrió la puerta se encontró allí con el Capitán de espalda! Llevaba su casco, sus botas e iba vestido para la guerra. Desde ese día no subimos al segundo piso temprano. Todas las noches escuchamos las botas del Capitán caminando de un lado a otro del balcón. Con razón los niños y mi mujer tienen miedo. ¡La casa está encantada!"

El señor Alcalde le dio la razón a Gaspar de Hinojosa: El Capitán murió violentamente. Era muy posible que su alma no estuviera en paz. El oficial se puso en contacto con el obispo y decidieron dar una misa por el descanso del alma de Ponce de León.

Poco tiempo después de la misa, el oficial nombró a otro guardián. Este no duró ni esa semana. Se apareció en la oficina del Alcalde. "¡He visto el fantasma del Conquistador!" El segundo guardián contó también de la silueta del Adelantado y cómo caminaba mientras que hablaba con una espada en la mano. Tampoco vio su rostro pero estaba seguro: ¡Era el fantasma del Adelantado!

Así sucedió que otros enviados por el señor Alcalde reportaron ver lo mismo: Al caer la oscuridad de la noche, en el balcón de la casa del Conquistador se veía su figura marchando vestido en su uniforme con casco y botas. No hubo misa ofrecida por el descanso de su alma que lograra esa meta. El obispo y el oficial del gobierno desalojaron la famosa casa de Caparra. Los enseres y recuerdos del Conquistador fueron trasladados a otra parte. Hasta llegaron a tapar las ventanas y el balcón con madera taladrada por las afueras de toda la casa.

El cuento de la casa encantada se hubiese terminado aquí y así pasar a ser historia por mucho tiempo. Pero al cabo de cinco años el obispo se presentó en las oficinas del gobierno y pidió ver al señor Alcalde. Ese día se supo la verdad sobre el fantasma.

"Acabo de confesar en artículo de muerte a un viejo cacique quien me pidió que le explicara lo siguiente. Siendo fanático de Ponce de León y admirador de sus obras, al saber de su muerte, como homenaje a su memoria, en un intento por adquirir el valor y la destreza del gran guerrero, empezó un ritual. Al cerrar cada noche, escalaba la fachada de la casa de Caparra. Al alcanzar el segundo piso el cacique se vestía con la armadura del Adelantado y se paseaba por el balcón. Esta ceremonia la realizó todas las noches hasta el día en que la casa fue abandonada."

Y así es como termina la leyenda de Ponce de León y de su casa encantada.

The Dwarf Who Became King

A MAYAN FOLKTALE

BY IDELLA PURNELL

Tilim came running to meet his grandmother as she came home from a neighbor's house.

"Oh, Grandmother," he cried, "I hope you had a lovely afternoon! I hope you had a lovely visit!" And he handed her a bunch of white sac-nict blossoms.

Grandmother smiled at Little Boy Tilim and gave him a big hug. They went into their oval house, and she found the bowl in which to put the pretty white blossoms.

"Where were you playing, Tilim?" asked Grandmother, as she arranged the flowers in the bowl.

"I took my dog Pek," said Tilim, "and went down the road to the place where those white men from far away are digging up the cities that are buried. They are called Americans, those men, Grandmother, and they wear such funny clothes!" Little Boy Tilim laughed.

"What are their clothes like?" asked Grandmother.

"They wear trousers of brown cloth, and shirts that tuck inside their belts, and great big shoes, not like ours, Grandmother, but made of leather all the way up to their knees! And tied in front with strings, not fastened with pretty buckles like ours."

"And what did you say they are doing?" asked Grandmother.

"They are digging up cities, Grandmother, great big white houses and palaces. They are lovely and they shine in the sun, and they are covered over with carvings and painted pictures. The Americans dig and dig, and they take all the dirt away, and after a while there is a white house where a little hill used to be before."

Grandmother stirred the zaa.

"Those white men are almost like the Dwarf of Uxmal," she said. "The buried cities were made by our grandfathers' grandfathers, Little Boy Tilim, but they moved away and left their houses and palaces, and the sun and the wind and the rain beat down upon them, and the dust blew over them, and covered them up. And now the white men come and make them reappear. Yes, each one of them is almost like the Dwarf of Uxmal!" (Oosh-mahl.)

"Who is the Dwarf of Uxmal, Grandmother?" asked Tilim, as he rolled a corn cake around some deer meat and began to eat his supper. The zaa smelled so good, and the deer meat was so delicious, and he knew his grandmother was going to tell him a story!

Grandmother smiled, and started to tell the story of the Dwarf of Uxmal.

Long ago and long ago, before our grandfathers' grandfathers built the white cities the white men from far away are digging out of the little green hills, there used to be strange things in this country of ours, dear Little Boy Tilim. There used to be snakes with four heads, and tall thin giants, and wizards that rode through the air on thick straw rugs, making, as they rode around, the noise the buzzards make. And at the place called Uxmal there used to be nothing at all but a big white palace the king lived in, and little houses the poor people lived in, and an ugly, tumbledown old hut in which there lived a witch.

She was a hideous old witch, with white hair and a crooked nose and eyes that crossed. And her chin turned up so that it almost met her nose.

She was so mean and cross that nobody loved her. Whenever anyone saw her coming, he always ran fast the other way.

By and by she was so lonely that she didn't know what to do. So one dark night, when the winds were blowing hard and the tall thin giants were walking along all of the roads, the old witch decided to go to the wise men of the hills, and ask them for a son. She ran out of her hut, her tattered old rags flapping, and went toward the hills where the wise men lived in dark caves.

She heard the Moan birds crying in the dark, and she saw the tall giants, thin and white as the wind, but she hurried on until she came to the caves the wise men of the hills.

"O wise men," she cried, "I have always been cross and unkind, and now I am lonely and I want a son."

The wise men of the hills stood in a circle in the dark cave, and by the light of their fire the old witch saw that they all had hunched backs and great big noses and crooked arms and legs.

The wise men looked at each other and said nothing, but the oldest one waggled his long white beard. Then the youngest one hopped to the fire, and he reached in it with a stick, and pulled out an enormous white egg!

"Here," the wise men told the old witch, "take this magic egg home, and guard it carefully, and out of it will come a good son for a cross old thing like you!" And the wise men laughed to themselves.

The old witch seized the egg, and without even so much as saying thank you, she hurried out of the cave and down the hills.

When she got home she put her treasure in a corner of the fireplace, where it would keep warm. Every day she would watch it, and think to herself that now she wouldn't be lonely anymore.

One day she heard a sound inside the egg, just like the noise a baby chicken makes when it is hatching. She began to watch it. Pretty soon the shell cracked, and out stepped the funniest little fellow you ever saw! He was seven hands high; and his face was old and wise. He could walk and talk already.

The old witch was delighted with her son. He sat in the corner all day, seeing everything and talking wisely.

Among other things, he noticed that the old witch always took good care of the fire before she went out to fill her pitcher at the big well.

He began to think something was hidden beneath the fire.

When the old witch wasn't looking, he made a tiny hole in the big water jar. The next time she went to the well he knew that as fast as she poured water in, it would fall out of the little hole. He knew she would be a long time at the well trying to fill her jar, and he would have a chance to look underneath the fire in the fireplace.

The next day, as soon as the old witch had gone to the well, he ran to the fire and raked the coals aside. Then he dug fast, and what do you think he found?

He found a great golden cymbal, and two little silver sticks to hit it with. He took them out, and he hit the cymbal with the silver sticks. It sounded like thunder and like music. He played on it again. It sounded like the ocean and like birds singing. He struck the golden cymbal with the silver sticks a third time, and it sounded like a storm and like great bells ringing. Then he put them back in the hole and covered them up, and raked the coals back into place again.

Having done this, he ran back to his corner and pretended to sleep.

The old witch, trying to fill her pitcher, heard the great booming sounds that went over the whole country. She dropped her pitcher and hurried back to the hut. She found the dwarf asleep, and she shook him hard.

"What was that noise?" she shouted.

"It must have been a turkey flying over the trees," yawned the dwarf, rubbing his eyes.

The old witch looked at him and didn't say a word, for she knew what it was.

The king in his big white palace knew, too, and so did the people. The king turned pale, but the people began to sing and to dance. Their prophets had said that when the silver sticks hit the golden cymbal, the one who struck them together would be the new king. So the people rejoiced, and they went in processions to find their new lord.

The old king turned pale, and asked his wise men what he should do. They told him he should call the striker of the cymbal before him. They would spend the whole night making up hard tests, and if he could pass them, he could be king.

The next day the people found the dwarf and brought him to the palace. Every one laughed then, to see such a funny little figure standing before the king. But the old king did not laugh.

"If you are he who is to be King of Uxmal," said he, "you must answer any question I ask, for you should be wiser even than I."

"Ask me what you will," the dwarf answered.

The king pointed to a tree growing in front of his palace.

"Tell me truly, without mistaking the count by even one, how many fruits there are in the ceiba tree that makes the garden in front of my palace cool and shady."

The dwarf cocked an eye at the tree.

"I tell you truly," he replied, "there are ten times a hundred thousand, and two times seventy, and three times three. If you don't believe me, climb up and count them one by one yourself and you will see."

Just then a black bat flew out of the ceiba tree. It swished by the king's ear and squeaked, "He has told the truth."

The king said that the second test would be given the next day. He would have the Chief High Counselor crack four baskets of nuts on the dwarf's head with a stone hammer. The dwarf said he was willing, but he asked the king if he would undergo the same test. The king answered, "All that you can stand, I can."

"All right," said the dwarf. "But I don't like the little path that leads to my mother's house. I will see to it that she has a path fit for a king's mother."

The second day came, and when the people gathered to see the test of the nut-cracking, they beheld a white shining road leading from the palace to a white stone house standing where the old witch's hut had been.

The old mother witch had put an enchanted copper plate under the dwarf's hair, and having the nuts cracked on his head didn't hurt a bit. Everyone was astonished.

"You don't need to try this test," the dwarf said to the king, "I am sure it would hurt you more than it did me."

The old king invited the dwarf to spend the night with him before the morning of the third test. But the dwarf answered, "No, I don't like your palace. I am going to have one that is really proper for a king."

The third day there was a shining white palace, ten times finer than the old king's, and many other white palaces around it, with strange men living in them. Perhaps the palaces had been there all along, invisible, built by the wise men of the hills, and perhaps the dwarf simply made them visible. Nobody knows.

The third test was that the dwarf and the king had each to make a little doll to look just like himself, and then put it in a fire. If one of the dolls did not burn, its maker should be king.

The old king tried first. He made a little doll out of hard wood. The fire burned it to ashes.

LUIS FERNANDO GUERRERO

116

"Try again," said the dwarf.

The old king's hands were shaking, but he made one more doll, of shining gold. The fire melted it into a little golden puddle.

Then the dwarf made his doll, of soft clay mud. When it was put into the fire, it baked harder and harder, and when they took it out, it was better than ever.

So the dwarf was crowned king, and all of the people rejoiced.

"That is why, dear Little Boy Tilim," said Grandmother, "that is why the Dwarf of Uxmal and the white men from far away are alike: They make cities appear. But the Dwarf of Uxmal was not like the white men, who are good, and who do what they do because they want to find out what was good in the lives of our grandfather's grandfathers and save it. He was a bad little dwarf, and not very many years went by before the people rose against him and made him go away.

"So you can see it is more important to be kind and good than to be ever so clever and astonishing. The dwarf astonished everybody and he was so clever he could pass all the tests. But he told stories and he was lazy, and he never really loved anybody but himself, and he was never happy as people are when they do good deeds. The ugly old witch was lonely again after he was king, and he was soon as lonely as she was, because nobody dared to tell him anything at all. He did not have even a dog like Pek to love him."

And so, in far-off Yucatan, his grandmother smiled at Tilim, who kissed her for telling him such a nice story, and then went to feed Pek.

El Enaño Rey

CUENTO TRADICIONAL MAYA

ESCRITO POR IDELLA PURNELL

Tilín corrió a recibir a su abuela que regresaba de visitar a un vecino.

"¡Hola, abuela! Espero que hayas pasado una tarde agradable y que haya resultado grata tu compañía," le dijo a la vez que ponía en sus manos un ramo de flores Sac-nieté blancas. La abuela se sonrió y le dio un fuerte abrazo. Entraron en la casa y ella se fue a buscar una jarra donde colocar las bellas flores.

"¿Adónde fuiste a jugar?" preguntó mientras arreglaba el ramo.

"Me fui a pasear con Pek, mi perro," dijo Tilín, "y nos fuimos por la carretera abajo hacia el lugar donde esos hombres blancos venidos de lejos están desenterrando las ciudades subterráneas. Les llaman americanos, abuela, ¡usan unas ropas tan raras!" rió el pequeño Tilín.

"¿Cómo son esas ropas?" preguntó la abuela.

"Usan pantalones oscuros y camisas metidas por debajo de los cinturones y unos zapatos muy grandes, no como los nuestros, abuela, sino altos hasta la rodilla y hechos de cuero. Y se los amarran con cordones, no con bonitas hebillas como los nuestros."

"¿Y qué dices que están haciendo?" preguntó la abuela.

"Están desenterrando ciudades, abuela, grandes casas blancas y palacios. Son preciosos y brillan bajo el sol, todos tallados y cubiertos de bellas pinturas. Los americanos excavan y excavan y sacan todo el polvo y el lodo y aparece una casa blanca allí donde antes había una pequeña loma."

RUTH ARACELI RODRIGUEZ

La abuela revolvió el zaa.

"Esos hombres blancos son como Enanos de Uxmal," dijo. "Esas ciudades enterradas las construyeron los abuelos de nuestros abuelos, pequeño Tilín, pero ellos emigraron, dejando atrás sus casas y palacios, que fueron agotados por el viento, la lluvia y el polvo y a la larga los fueron cubriendo. Ahora los hombres blancos las hacen reaparecer. Sí, cada uno de ellos es casi como un Enano de Uxmal."

"¿Y quién es el Enano de Uxmal, abuela?" preguntó Tilín, mientras enrollaba carne de venado en un pastel de maíz que sería su cena. El zaa olía muy sabroso, el venado estaba delicioso y él sabía que su abuela le iba a contar una bonita historia. Ella sonrió y así comenzó el cuento del Enano de Uxmal.

Hace mucho mucho tiempo, antes de que los abuelos de nuestros abuelos construyeran las blancas ciudades que los hombres blancos venidos de lejos excavan hoy en las pequeñas lomas verdes, en este país nuestro existían casas extrañas, querido Tilín. Habían serpientes de cuatro cabezas y gigantes altos y delgados y magos que volaban en alfombras de paja haciendo el mismo ruido que las auras tiñosas. Pero en el lugar llamado Uxmal sólo había un gran palacio blanco donde vivía el rey, pequeñas casas donde vivía la gente pobre y una vieja y destartalada choza donde vivía una bruja.

Era una odiosa bruja vieja, de pelo blanco, ojos y nariz torcidos y su barba tan curvada que casi le tocaba la nariz.

Nadie la quería por vil y mal geniosa. Cuando alguien la veía venir tomaba el camino opuesto.

Con el tiempo se sintió tan sola que no sabía qué hacer, así que en una oscura noche, cuando el viento soplaba fuertemente y los gigantes delgados andaban por todos los caminos, la vieja bruja decidió ir a pedir un hijo a los hombres sabios de las montañas. Salió corriendo de su choza, sacudiendo sus harapientos andrajos, y se fue a las profundas cuevas donde vivían aquellos sabios.

Por el camino oía a los quejumbrosos pájaros chillando en la oscuridad, vio a los delgados gigantes, finos y transparentes como el viento y se apresuró a llegar a las cuevas donde habitaban los sabios de las montañas. "¡Hola, hombres sabios!" exclamó. "He sido siempre dura y rabiosa pero ahora me siento sola y quisiera tener un hijo."

Los hombres sabios de las cuevas se pusieron de pie formando un círculo y, a la luz del fuego, la bruja pudo ver que todos eran corcovados, con enormes narices y de piernas y brazos jorobados.

Se miraban unos a otros pero no se hablaban, cuando el más viejo meneó su larga barba blanca. Entonces el más joven saltó hacia el fuego con una varilla ¡y sacó de allí un enorme huevo blanco!

"¡Aquí!" le dijo el sabio a la bruja. "Llévate este huevo mágico y cuídalo bien. ¡De ahí saldrá un hijo bueno para una vieja bruja como tú¡" Y los sabios se rieron entre ellos.

La vieja bruja agarró el huevo y, sin siquiera dar las gracias, corrió afuera de la cueva, por la montaña hacia abajo.

Cuando llegó a su casa puso su tesoro en una esquina de la chimenea donde se mantendría con calor. Lo vigilaba día a día y pensaba que ya no estaría sola más nunca.

Un día oyó un ruido dentro del huevo, muy parecido al que hace un pollito al salir del cascarón. Muy pronto se rompió la cáscara ¡y de allí salió el sujeto más cómico que jamás se haya visto! Tenía siete manos de alto, ya podía caminar y hablar y su cara era la de un viejo sabio.

La vieja bruja se encantó con su hijo. Él se sentaba en un rincón todo el día, observándolo todo y hablando juiciosamente.

Entre otras casos, notó que la bruja siempre siempre vigilaba mucho el fuego antes de salir a llenar su cántaro en el pozo grande y empezó a pensar si ella escondería algo allí debajo.

Aprovechó un momento de distracción y le abrió un hueco grande al cántaro, de modo que cuando ella fuera al pozo a llenarlo se demoraría mucho tiempo en lograrlo, lo que le daría a él la oportunidad de mirar qué había debajo del fuego en la chimenea.

Al próximo día, tan pronto como la vieja bruja se fue al pozo, él fue corriendo hacia el fuego y apartó los carbones. Escarbó rápidamente y ¿qué creen encontró?: Un gran címbalos de oro con dos palillos de plata para hacerlo sonar. Lo tocó inmediatamente y le sacó un sonido musical de truenos. Lo volvió a tocar y sonó entonces como el ruido del océano junto a un canto de pájaros. Por la tercera vez lo toco y salió como el retumbar de grandes campanas en medio de una tormenta.

Entonces lo restituyó al hueco donde estaba y lo cubrió de nuevo con los carbones, regresando después a su rincón para hacer creer que dormía. La vieja bruja, que estaba tratando de llevar su cántaro, oyó aquellos estampidos sonoros que se esparcieron por todo el país. Soltó el cántaro, corrió a su choza y despertó al enano, sacudiéndolo fuertemente.

"¿Qué fueron esos ruidos?" gritó ella.

"Debe haber sido un pavo volando sobre los árboles," le contestó el enano, bostezando y frotándose los ojo.

La vieja lo miró y no dijo una palabra, pero ella sí sabía lo que había pasado.

El rey, en su gran palacio blanco lo sabía también, al igual que el pueblo. El rey palideció, pero el pueblo cantó y bailó. Los profetas habían dicho que quien hiciera sonar el címbalos de oro con los palillos de plata sería el nuevo rey. De ahí el regocijo del pueblo, que marchó en procesión a encontrarse con su nuevo señor.

El rey, casi desmayado, preguntó a su corte de sabios qué debía hacer. Le indicaron que llamara a comparecer al cimbalista, quien debía someterse a las difíciles pruebas que ellos prepararían durante esa larga noche. Si las pasaba todas, él podía convertirse en rey.

Al siguiente día, el pueblo encontró al enano y lo trajo al palacio. Se rieron mucho al ver aquella extraña y ridícula figurita de pie ante el rey. Pero el viejo rey no se rió.

"Si vas a ser el futuro rey de Uxmal," dijo, "tienes que contestar correctamente cualquier pregunta que yo te haga pues debes demostrar ser más sabio que yo."

"Pregúnteme lo que quiera," contestó el enano.

El rey apuntó hacia un árbol que crecía frente al palacio.

"Dime, en verdad, sin equivocarte ni por uno en el conteo, cuántas frutas hay en la ceiba que refresca y da sombra al jardín en frente de mi palacio."

El enano le echó una mirada al árbol.

"En verdad le digo," advirtió él, "que hay diez veces cien mil y dos veces setenta, más tres veces tres. Si no me cree, suba y cuéntelas usted mismo, una por una."

En ese momento, de súbito, un murciélago negro salió volando de la ceiba y le espetó al rey en su oído, "Ha dicho la verdad."

La segunda prueba la fijó el rey para el próximo día. Él haría que el Jefe Consejero máximo rompiera con un martillo cuatro cestas de nueces en la cabeza del enano. Este aceptó el reto pero propuso que el rey pasara por la misma experiencia. "Todo lo que necesitas, lo puedo resistir yo," contestó el soberano.

"Bien," dijo el enano, "pero no me gusta el trillo que lleva a la casa de mi madre, así que yo veré que se le haga una senda apropiada a la madre de un rey."

Llegó el segundo día y cuando el pueblo se reunió para presenciar la prueba de las nueces, pudieron contemplar un reluciente camino blanco que iba del palacio a una casa de piedra blanca que se levantaba donde antes estuviera la choza de la vieja bruja.

La dicha vieja madre bruja había colocado una placa encantada de cobre debajo del pelo del enano, por lo que el rompimiento de las nueces en su cabeza no lo afectó en lo más mínimo. La gente no salía de su asombro.

"No necesita pasar por esta prueba," dijo el enano al rey. "Estoy seguro que a usted le afectaría más que a mí."

El viejo rey invitó al enano a pasar con él la noche anterior a la tercera prueba, pero aquél le contestó, "No, no me gusta su palacio. Voy a tener uno que sea realmente propio de un rey."

Y al tercer día, allí apareció un brillante palacio blanco, diez veces mejor que el del viejo rey, junto a otros muchos palacios blancos donde habitaban seres extraños. Tal vez estos palacios habían estado allí siempre, invisibles, construidos por los hombres sabios de las montañas o simplemente, tal vez, el enano entonces los hizo visibles. Eso nadie nunca lo sabrá.

La tercera prueba consistía en que tanto el enano como el rey harían un muñeco que luciría como ellos mismos y los pondrían en el fuego. Si uno de los muñecos no se quemaba, su dueño sería el rey.

El viejo rey lo trató primero. Hizo un muñeco de madera dura, pero el fuego lo convirtió en cenizas.

"Vuelva a tratar," le dijo el enano.

Las manos del viejo rey temblaban, pero probó otra vez haciendo otro muñeco de oro macizo. El fuego lo derritió convirtiéndolo en un pequeño charco dorado.

Le llegó el turno al enano. El hizo el suyo de suave arcilla de barro, por lo que, al ponerlo al fuego, se endureció más y más y al sacarlo resultó estar en mejor forma que antes.

Y así el enano fue coronado rey, con el regocijo del pueblo.

"Por eso es, querido pequeño Tilín," dijo la abuela, "por eso es que el Enano de Uxmal y los hombres blancos venidos de lejos se parecen, porque resucitan ciudades, pero a la vez no se parecen porque los hombres blancos son buenos y lo hacen con el fin de averiguar qué hubo de sano y útil en las vidas de los abuelos de nuestros abuelos y tratan de conservarlo, mientras que el pequeño enano era un ser malvado que no pasaron muchos años antes de que el pueblo se levantara en su contra y tuviera que marcharse.

"Por lo que puedes ver, es mucho más importante ser bueno y generoso que astuto y sorprendente. El enano asombró a todos y con su inteligencia pudo pasar todas las pruebas. Pero era haragán y mentiroso y nunca amó a nadie sino a sí mismo, por lo que nunca pudo ser feliz como lo es el que hace buenas obras.

"Después que el enano se hizo rey, la fea bruja vieja volvió a estar sola y él tan solitario como ella, porque la gente ni se atrevía a acercársele para hablarle. No tenía, ni siquiera, un perro, como Pek, que lo quisiera."

Y así, en el lejano Yucatán la abuela sonrió a Tilín, quien la besó en agradecimiento por contarle tan linda historia y se volvió a darle de comer a su perro Pek.

History

The Taínos of the Caribbean

The Taínos were native people of the Caribbean. In their language the word *Taíno* meant noble or prudent. These people were most probably descendants of the Arawaks from the northeast corner of South America. They began living in the Caribbean Islands more than fifteen hundred years ago. Throughout the one thousand years of their existence, the Taínos developed a way of life that was suited to their island environment. They lived in areas that include modern-day Cuba, the Virgin Islands, Puerto Rico, and Hispañiola.

At the height of their culture the Taínos were organized by independent regions, so there was no central governing body that unified the varying communities. Each region had its own ruler, or *cacique*, who oversaw the government and religion. The cacique supervised the distribution of food and goods and also mediated between the physical and the spiritual worlds. When a cacique died, the title was passed on to a man in his family.

Caciques ruled over as many as three thousand people. There was a very established social hierarchy in each Taíno region. District chiefs called *nitaínos* helped the cacique by deciding such things as farming boundaries and fishing rights in each village. Below the nitaínos were the "middle class" Taínos: working people who owned land and had certain rights. At the bottom of the Taíno society were *naborias*. Naborias were similar to the serfs of Europe. They did not own land. In return for their work the naborias were housed and fed.

Taínos subsisted on farming and fishing. Mostly they planted manioc. Women (with their babies tied to them) and their older daughters did most of the farming. They knew how to protect these plants from the scorching heat of the Caribbean sun as well as how to help the plants survive the periodic dry spells of the islands.

Men were engaged in such tasks as fishing and canoe making. The Taínos had some resourceful fishing methods. One technique relied on the senna shrub. This plant contains a poison that only lasts a short time. The Taíno men would cut up the senna and toss the roots into a stream. The fish in the stream would become momentarily paralyzed and the men would wade into the stream and grab them with their hands. The Taínos were also very clever in their method of hunting geese. The male Taíno would wade up to his shoulders in water. He would wear a calabash over his head, with holes carved out so he could see. He would patiently wait, very still, until a goose was close by. At that instant he would pounce on the bird, grabbing it by the legs.

The Taínos used the resources readily available to construct what they needed. Instruments were made from stone. And for their homes and boats the Taínos used mostly wood. Homes were very large huts with thatched roofs. Up to fifteen families lived in each hut. Many Taínos had tamed parrots and dogs as house pets in the huts. The Taínos made canoes by hollowing out the entire trunk of a tree. They would burn and slowly scoop out the ashes, until what was left was a canoe. Canoes were at times big enough to hold fifty Taínos. The canoes were used in fishing and trading with nearby villages.

The Taínos were the first people Columbus encountered in the New World, the "Indies." He accurately reported that these natives were docile, peaceful, and interested in befriending the explorers. On the day the Spaniards and the Taínos first encountered each other, the Taínos went to Columbus's ship. Their canoes were filled with parrots, cotton, arrows, and food. They happily traded these for the beads, brass rings, and small copper bells the Spaniards offered.

One of the most important caciques, Guacanagarí, invited Columbus to his region. There the two leaders enjoyed a dinner on the beach of lobsters, yams, and sweet potatoes.

MARGARET RINGIA HART

Columbus wanted to ally himself with this cacique. He showed Guacanagarí weapons and communicated with gestures. The cacique understood: Columbus wanted to build a fort. He could help the cacique protect his area from warlike natives. In return, Columbus needed Guacanagarí and his people to help the settlers establish themselves and begin farming. The cacique agreed. Columbus returned to Spain but some of his crew remained. These built a fort, getting themselves settled on the land and honoring their agreement to help defend the Taínos.

Although the Taínos' interaction with Columbus and his people was friendly, their meeting marked the beginning of the next era in the Taíno culture: their demise. Each time Columbus returned to the Indies, the natives and settlers were getting along worse. The settlers increasingly pressured the natives to hand over the gold, but there was little of it in these islands. At the same time the Spaniards had introduced diseases, common amongst Europeans, but deadly to the Taínos. The Taínos were dying off at an alarming rate. Because of the sickness epidemic in the villages and the aggressive Spaniards, the Taínos began deserting their villages. Columbus eventually realized that his plan to return to Spain with gold was not going to happen. Instead the explorer decided he would export the natives as slaves.

The Spaniards then began to get rid of the caciques. Without them, the Taínos would have no remaining organization, and they would be unable to defy the Spaniards. The settlers were ruthless in carrying out their plan. On one occasion, settlers went to go visit the cacique Caonabo and handed him an invitation from Columbus. Caonabo was to be mounted on horseback and decorated with honor, all as part of his special day with Columbus. When Caonabo mounted the horse and the gift bracelets were put on him, he realized the trick. The bracelets were handcuffs in disguise and he was now a captive of the Spaniards. Similar incidents occurred through 1496. The Taínos attempted to fight back but they were no match for the Spaniards. The skirmishes continued until the Battle of Higuey, in which the Spaniards won control of all of Hispañiola.

In the following years the Spaniards took more Taínos from Cuba and the Bahamas. The natives were taken from their families and villages and made to work in mines or on farms. The Spanish set up the *encomienda* system—a kind of slavery in which the natives worked, and in exchange, the Spaniards provided room and board and Christianization.

But the treatment was so bad that many Taínos chose to kill themselves rather than endure it. One cacique, Hatuey, from a region in Cuba, was under the tutelage of the Spaniards. When a friar described heaven to Hatuey as a place of "glory and everlasting peace," the cacique asked if Spaniards went there. When the friar confirmed the caciques' fears, Hatuey replied that he would then rather go to hell. Surely in heaven he would suffer cruelties at the hand of the Spaniards. Years later the encomienda system was abolished and the Spanish Crown attempted to re-create Taíno villages. But by that time there were less than a thousand Taínos on Hispañiola. A similar fate met the Taínos of neighboring Caribbean islands.

Today we know very little about he life and customs of now-extinct Taínos. The encounter with the Spanish destroyed the Taíno culture, and barely any Taíno artwork or artifacts are left today. (This is partly a result of the less durable materials the Taínos used in building—although sturdy, wood easily disintegrates.) But the Taíno culture has left its mark on us—through language. Words such as barbecue, canoe, tobacco, tuna, and hurricane have their roots in the Taíno language.

Los Taínos del Caribe

Los taínos eran indígenas de la región del Caribe. La palabra *taíno* en su idioma significa prudente o noble. Probablemente descendían de los araucanos procedentes del noreste de Sudamérica y se establecieron en las islas del Caribe más de mil quinientos años atrás. Allá implantaron y adaptaron su forma de vida al ambiente de las islas que forman hoy en día Cuba, Puerto Rico, las Islas Vírgenes y La Española.

En el apogeo de su cultura los taínos estaban organizados por regiones independientes, cada una con su cacique o jefe respectivo. Este cacique dirigía el gobierno y la religión, supervisaba la distribución de alimentos y, a la vez, intermediaba en la vida física y espiritual de los súbditos. Al morir, su posición se pasaba por herencia a uno de los hombres de su familia.

En cada región taína, compuesta por unos tres mil habitantes, existía una bien establecida jerarquía social. El cacique gobernaba auxiliado por los jefes de distrito, llamados nitaínos, los que decidían y determinaban los derechos en la pesca y la agricultura. Por debajo de los nitaínos seguían los taínos de la clase media, que poseían y trabajaban la tierra y también otorgaban ciertos derechos. En la más baja categoría social se encontraban los naboríes, similares a los siervos en la antigua Europa, que no podían poseer la tierra y por su trabajo recibían sólo casa y comida.

Los taínos vivían de la pesca y la agricultura, que consistía principalmente en plantar mandioca, una especie de yuca. Las mujeres, cargando a sus hijos atados a sus cuerpos, eran mayormente las responsables del trabajo en el campo y las que sabían cómo proteger el cultivo del abrasador calor del Caribe y de sus periódicas sequías.

Los hombres se encargaban de otras tareas como la construcción de canoas y la pesca, para lo que contaban con distintos recursos y métodos. Uno de ellos consistía en usar las propiedades tóxicas a corto plazo del arbusto sen. Cortaban sus raíces y las echaban en la corriente. Los peces, a su contacto, se paralizaban momentáneamente, lo que ellos aprovechaban para lanzarse al agua y pescarlos. También usaban otro sistema muy hábil para cazar gansos: Se metían en el agua hasta los hombros llevando puesta en la cabeza una calabaza en la que habían abierto huecos que les permitían ver. Así permanecían muy quietos hasta que un ganso se acercaba lo suficiente, instante que aprovechaban para abalanzarse sobre el ave y agarrarlo por las patas.

Los taínos usaban todos los recursos disponibles para construir lo que necesitaban. Hacían los instrumentos de piedra y las casas y botes principalmente de madera. Las viviendas eran grandes chozas, con techos de paja y hojas, donde se albergaban en una sola hasta quince familias, quienes a veces, tenían además perros y cotorras amaestradas como mascotas. Hacían las canoas de los troncos de los árboles que ahuecaban quemando lentamente su interior y excavando las cenizas hasta que formaban la canoa. Las usaban para la pesca y el comercio con los pueblos cercanos y, a veces, podían transportar hasta cincuenta de ellos.

Los taínos fueron los primeros pobladores que se encontró Colón en el Nuevo Mundo, a quienes llamó indios por creer que, según su plan, había llegado a tierras de la India, en el lejano Oriente. Con razón los describió como dóciles y amistosos. Desde el primer día en que se encontraron, los taínos llevaron en sus canoas algodón, flechas, cotorras, y alimentos al barco de Colón, lo que intercambiaron gustosamente por las cuentas, anillos de bronce y campanitas de cobre que les ofrecieron los españoles.

Uno de los caciques más importantes, Guacanagarí, invitó a Colón a visitar su región y compartir una comida de langostas, ñame y boniatos en la playa.

A Colón le interesaba aliarse con este cacique y comunicándose con el por medio de señas y gestos le mostró las armas que poseía y le indicó que deseaba construir un fuerte que, a la vez, protegería su región de otros nativos guerreros. En cambio Guacanagarí y su gente ayudarían a los españoles a establecerse y a desarrollar la agricultura. Sobre esta base partió Colón hacia España, dejando atrás parte de su tripulación, que haría honor al pacto acordado.

Aunque este encuentro de las dos culturas fue amistoso, había comenzado ya la era triste de los taínos que resultó en su desaparición: cada vez que Colón regresaba de España encontraba más tirantes las relaciones entre los nativos y los colonizadores. Estos presionaban a los indígenas para encontrar oro, de lo que había muy poco en estas islas

ALEX LEVITAS

134

y, a su vez, habían traído con ello las enfermedades comunes entre los europeos, pero que resultaban mortales para los taínos, quienes fueron muriéndose a una velocidad alarmante. Debido a las epidemias y la agresividad de los españoles, los taínos comenzaron a abandonar sus pueblos. Colón se dio cuenta a la larga de que su plan de regresar con oro a España no se realizaría por lo que decidió entonces exportar a los indígenas como esclavos.

Los españoles comenzaron a destituir a los caciques, sin los cuales desaparecía su organización social y les resultaba imposible rebelarse contra ellos. Los colonizadores eran despiadados al llevar a cabo su plan. En una ocasión invitaron al cacique Caonabo a pasar un día de jubileo con Colón, adonde sería conducido a caballo y decorado con honores. Cuando montó en el caballo y le pusieron los supuestos brazaletes que le traían de regalo comprendió que lo habían esposado y así fue hecho prisionero de los españoles. Otros incidentes parecidos sucedieron durante el año 1496. Los taínos intentaron rebelarse pero no pudieron derrotarlos.

Las escaramuzas continuaron hasta la Batalla de Higuey, cuando finalmente los colonizadores lograron el control total de la isla La Española.

En los años siguientes los españoles siguieron con su plan por toda Cuba y Las Bahamas. Separaban a los taínos de sus familias y se los llevaban a trabajar en las minas o en las haciendas. Establecieron el sistema llamado de Las Encomiendas, que era una especie de esclavitud, por la cual, a cambio de su trabajo, se les proveía de sus necesidades vitales y de cristianización. Pero el trato era tan perverso y perjudicial que muchas veces los taínos optaban por suicidarse antes que seguir bajo ese régimen. Un cacique llamado Hatuey, que vivía dentro del sistema en la isla de Cuba, al describirle un sacerdote el cielo como un lugar de gloria y paz eternas después de la muerte, preguntó que si allí irían también los españoles. Al confirmar el cura sus sospechas, el cacique contestó que prefería irse al infierno porque en el cielo tendría que seguir sufriendo la crueldad de los españoles.

Años después, ante tremendas presiones foráneas, de las que fue líder un bendito fraile llamado Bartolomé de las Casas, defensor de los indios, la Corona española suprimió el sistema de Las Encomiendas y trató de recrear los caseríos taínos, pero para entonces ya sólo quedaban un millar de ellos en toda La Española. Un destino similar corrieron los taínos en las islas caribeñas vecinas.

Hoy en día es un reto el estudio de la vida y costumbres de los ya extintos nativos isleños. El encuentro con la cultura del Viejo Mundo los agotó, al punto de que no existen ni artesanías ni artefactos taínos, en parte como secuencia de los materiales poco duraderos que usaban en sus construcciones, como la madera que, aunque fuerte se desintegra fácilmente. Mas, no tomemos en consideración estos datos pues tanto en el idioma inglés como en el español, a través de los siglos, su influencia ha llegado a nosotros en palabras tales como barbacoa, canoa, huracán, tuna, tabaco, y muchas más, todas originales de la lengua taína.

The Aztecs

As the Spaniards traveled the New World they came into contact with many different cultures. When they reached the area that is today Mexico, the Spaniards met the Aztecs. The Spaniards quickly realized that the Aztec Empire was the strongest, most vibrant civilization in all of the New World. Their capital city, Tenochtitlán, was at least the size of the largest cities in Europe. The Aztec army was wildly successful in battle, expanding the Aztec king's domain over a huge area (most of it is today in Mexico). The Aztecs' strength and vitality derived from a very long history of progress. By the time the Aztecs and the Spaniards met, the Aztecs had been developing their capital city and their empire for over three hundred years!

The Aztecs built their capital city on an island in a lake in the Valley of Mexico. Why this isolated place for a capital city? There is an Aztec legend that explains the location and founding of Tenochtitlán. The word Tenochtitlan means "place of the prickly pear cactus." In the legend the gods told the earliest Aztecs to go in search of a place to build a city. How would they know they had found the right place? The gods would give a sign: When the Aztecs came across an eagle on a cactus they would know that they had reached the land on which they were to build their home. According to the legend, this happened when the earliest Aztecs reached an island in Lake Texcoco. And so it was on that island that the earliest Aztecs began building what would, three hundred years later, be a marvelous empire.

The Aztecs probably realized early on that the gods had selected a less than perfect location for establishing a city. The island was small and it was surrounded by swampland, unsuitable conditions for farming and building homes. The Aztecs came up with a solution. They built homes on the dry land then invented a special way of cultivating the swampland around the island so they could farm it. These "farmland" areas and the technique used to farm them were called chinampas, and the practice is still in use today. To make a chinampa you first build a huge flat raft by tying reeds together. Once the raft is completed it is tied to the island's dry land. The next step is to take mud from the lake bottom and place it on the raft. This mud becomes the soil into which seeds are planted, and soon enough crops grow on this chinampa. This is how the Aztecs farmed.

The crops on the floating farms grew roots. As the crops grew taller the roots grew longer. Slowly roots grew though the reeds of the raft and attached themselves to the ocean bottom. Tied to the ocean bottom and to the island, the chinampas came to be a sturdy extension of the island. So many chinampas surrounded Tenochtitlán that the city and the island grew into a type of American Venice. That is, there were as many canals in Tenochtitlán as there were streets, and you could get to as many places by canoe as you could on foot.

Th Aztecs applied their ingenuity and resourcefulness in many other ways. The city of Tenochtitlán boasted other engineering feats. Tenochtitlán was an island, but a lack of land was not its only challenge. As the population of the city grew there was not enough fresh water to drink. There was also the always-present danger of flooding. And the Aztecs were also interested in an alternative to transporting everything to and from the island by canoe. The Aztecs found solutions to all these problems. To address the drinking water problem, the Aztecs built a three-mile aqueduct, a water pipeline, to transport the fresh water from the mountains across Lake Texcoco into Tenochtitlán. To protect Tenochtitlán from floods, the Aztecs built a system of ditches, dikes, and canals. To connect Tenochtitlán to the mainland, the Aztecs built three major causeways, all a few yards wide. The causeways were engineered with movable bridges. All these developments made Tenochtitlán a highly liveable city. At its height of prosperity (around the time the Spaniards arrived), about 350,000 Aztecs lived in the city, which was approximately six square miles.

Tenochtitlán became the island capital of the Aztec Empire. From it the Aztecs exhibited their engineering know-how and flexed their military power. The Aztecs continually expanded their empire by incorporating neighboring tribes. They did this by convincing the neighboring tribes that they were better off, and more protected from unfriendly tribes, if they were part of the Aztec Empire. After the alliance was established, the tribe would pay taxes to the king in return for the benefits of being included in the Empire.

But if the neighboring tribes would not agree on an alliance, then the Aztecs did not hesitate to go to war.

Expanding the empire was very important to the Aztecs, so many wars were fought. To support the wars the Aztecs kept a large army. Young men began training to be soldiers at an early age. As teenagers, boys trained by fighting in small pretend battles. These practice battles, called Flower Wars, were prearranged with neighboring tribes. These mock battles provided the combat training that turned young boys into professional soldiers.

With so many battles and so many soldiers, war was a national effort. The soldiers going to battle needed supplies. Someone had to feed these soldiers, help carry all their belongings, and assist when the land was impassable. For this reason there were actually more cooks, helpers, and engineers than soldiers on any march to battle. A large part of the Aztec population was, in one way or another, involved in the war effort.

The goals of all these wars was to increase the size of the empire. During the rule of one particular leader the empire grew enormously. Before Montezuma was king the Aztec Empire reached just beyond the island city of Tenochtitlán. Montezuma quickly built an army that was 300,000 soldiers strong. By the time he died in 1469, Montezuma had more than doubled the empire. He did this by winning over tribes as far east as the Gulf of Mexico.

The Aztecs were the dominant fighting civilization of the Americas. They were successful in battles against almost every single one of their neighboring tribes. When the Aztecs were at their strongest and biggest they went to war against the Spaniards, but their defeat was total. For the first time the Aztecs were on the losing side of the battle. The Aztec Empire, at its height, met its finish in the confrontation with the Spaniards. What happened? How did the Aztecs lose so decisively and so quickly? Three major factors conributed: disease, alliances the Spaniards made, and religion.

When the Spaniards arrived in the New World they brought with them germs that caused illness. The same type of germs that made a Spaniard mildly sick could kill an Aztec. This is because a population, like the Spaniards, that has battled a disease for many generations builds an immunity to it. Over time, deadly germs lose their power. (A disease that could have killed your grandfather would now more likely make your parent seriously sick and you mildly ill.) The Spaniards came with germs that were new to the

Aztecs. Before the war on the battlefield started many Aztecs died fighting disease. The deadly epidemics spread through the Aztec population and weakened the empire's military might before reaching the battlefield.

The deadly epidemics alone would not have offered the Spaniards the upper hand in battle, for there were so many more Aztecs than Spaniards. The Spaniards, aware of this and wary of the Aztecs' military reputation, looked around for neighboring tribes to join their battle against the Aztecs. They found an alliance with the Tlaxcalans. Fierce warriors, the Tlaxcalans were one of the only tribes around the Aztecs that had successfully battled against them and remained independent. Enemies of the always-threatening Aztecs, the Tlaxcalans joined the Spaniards in their siege of Tenochtitlán and provided numbers of soldiers. Without the Tlaxcalans, who offered the Spaniards enough soldiers for them to even consider going up against the Aztecs, the ratio would have been deadly to the Spaniards.

Luck was not on the side of the Aztecs. Ravaged by disease, and with their enemies in a powerful alliance with the Spaniards, the Aztecs had, early on, made a big mistake and were about to pay for it. When the Aztecs first encountered the Spaniards they welcomed them into Tenochtitlán with open arms—something the warrior Aztecs had never done before. In Tenochtitlán the Spaniards were offered lodging, food, and even constant access to the king. Once inside the Spaniards ambushed the Aztecs. Why was it so easy for them to get in? Today people explain this bizarre over-welcoming treatment of the potentially dangerous strangers by calling to mind one of the most powerful Aztec legends: the legend of Quetzacoatl (told here in part I). The Aztecs were all awaiting the return of their god-king Quetzacoatl. Legend had it he was to return, as a white man with a beard, from the east. Many believe the Aztecs, a deeply religious people, thought they were welcoming their long-gone favorite leader when they first encountered the Spaniards.

With the help of disease, legend and the Tlaxcalans, the Spaniards waged a bloody victorious war against the empire they considered the most established in all the New World. The siege of Tenochtitlán lasted three months. It ended with Spanish victory over the Aztecs and the quick demise of the empire. The Spaniards burned most of the buildings in Tenochtitlán. On the same site they began building a new city which would develop into present-day Mexico City.

Los aztecas

Cuando los españoles arribaron al Nuevo Mundo entraron en contacto con diversas culturas. Al llegar al territorio que ocupa México hoy en día, se encontraron con la tribu de los aztecas a quienes reconocieron inmediatamente como la más fuerte y vibrante civilización de este lado del Atlántico. La capital, Tenochtitlán, era ya cerca del tamaño de las más grandes ciudades de Europa. Su ejército victorioso los había llevado a gobernar sobre un enorme territorio que forma en gran parte el México actual. Su fortaleza y vitalidad derivaban de una larga historia de progreso que habían ido desarrollando desde trescientos años atrás.

Los aztecas habían construido su capital sobre una isla dentro de un lago en el valle de México. ¿Por qué en un lugar tan apartado? Hay una leyenda que explica el porqué de esta situación. La palabra Tenochtitlán significa lugar del espinoso cactus y según los dioses habían indicado a los primeros pobladores, ellos conocerían el lugar apropiado para construir su ciudad, cuando se tropezaron con un cactus sobre el que había un águila devorando a una serpiente. Esto sucedió cuando llegaron a una isla en el lago Texcoco, donde fundaron lo que trescientos años después sería un maravilloso imperio.

Probablemente los aztecas pronto comprobaron que la localización que habían seleccionado los dioses para fundar la ciudad no era la perfecta, pues la isla era pequeña y rodeada de pantanos, no propicia a la agricultura ni a la construcción de casas. Pero ellos le buscaron una solución: Construyeron las casas en los terrenos secos e inventaron una fórmula para poder cultivar los pantanos. A estas áreas de cultivo y a su nueva técnica le llamaron chinampa, lo que todavía se pone en práctica hoy.

Para hacer una chinampa construían primero una enorme balsa con juncos muy atados, la que después unían apretadamente a los terrenos secos de la isla. A continuación, sacaban fango del fondo del lago y lo vertían sobre la balsa que se rellenaba con lo que constituiría después la tierra o suelo en que se plantarían las semillas de las próximas cose-chas. Esta fue la forma de cultivo de los aztecas.

Las plantaciones en estas granjas flotantes producían muchas raíces que se iban alargando y creciendo a medida que también crecían las plantas y entrelazándose con los juncos de la balsa, se iban extendiendo y adhiriendo a la base o fondo de la cuenca. Así unidas las chinampa al fondo de la cuenca y a los terrenos sólidos de la isla, formaron una firme y grande extensión alrededor de Tenochtitlán, por lo que la ciudad se convirtió en un tipo de Venecia americana, en la que habían tantas calles como canales y sus habitantes se trans-portaban de un lugar a otro tanto en canoas como caminando.

La chinampa no fue la única invención de los azteca para aprovecharse de los benefi-cios de su tierra. La ciudad de Tenochtitlán fundada sobre una isla, podía alardear de otras proezas de ingeniería. La falta de terreno no era el único reto. Mientras más crecía la población se disponía de menos agua potable por lo que construyeron un acueducto con una larga tubería de tres millas de extensión, que traía el agua de las montañas hacia la ciudad a través del lago Texcoco. Los Aztecas encontraban siempre una solución a sus problemas. Buscaron una alternativa al único transporte por canoa, para la entrada y sal-ida de la isla, construyendo tres grandes calzadas de varias yardas de ancho, dirigidas por puentes movedizos, que conectaban con tierra firme. Tenían también el peligro siempre presente de las inundaciones y para obviarlo construyeron un sistema de diques, zanjas y canales. Este desarrollo y urbanización hicieron de Tenochtitlán una ciudad con una gran población. En la cumbre de su prosperidad (alrededor de la época en que llegaron los españoles), en las aproximadas seis millas cuadradas en que estaba ubicada, vivían cerca de 350,000 aztecas.

Tenochtitlán se convirtió en la capital del Imperio Azteca, que se fue extendiendo a medida que se les incorporaban las tribus vecinas, convencidas de que así vivirían mejor y estarían más protegidas de sus enemigos. Desde allá los aztecas ponían de manifiesto su poder militar y su tecnicismo y, regularmente, estos aliados pagaban impuestos al Reino a cambio de los beneficios que adquirían al ser incluidos en el Imperio. Si las tribus veci-nas no aceptaban la alianza, entonces los aztecas no vacilaban en ir a la guerra.

Era muy importante la expansión del Imperio por lo que para mantener las guerras se sostenía un gran ejército. Desde temprana edad se entrenaba a los jóvenes para hacerlos soldados. Los adolescentes hacían prácticas en pequeñas batallas ficticias que se arreglaban con las tribus vecinas.

Les llamaban las Guerras de las Flores y era la forma de convertirlos en verdaderos soldados profesionales. Tantas guerras y tantos soldados exigían un esfuerzo nacional. Para empezar, se necesitaba una enorme cantidad de provisiones. Alguien tenía que alimentar a esos soldados, ayudarlos a transportar sus pertenencias y hasta despejar los obstáculos que presentara el terreno para su avance. Por esta razón al marchar al campo de batalla, iba un mayor número de cocineros, ayudantes e ingenieros que de soldados.

Una gran parte de la población azteca se veía involucrada, en una u otra forma, en el negocio de la guerra, cuya meta principal era la extensión del Imperio.

Los líderes aztecas eran los que dirigían las batallas. Durante el mando de uno en particular fue que el imperio creció enormemente: Moctezuma, quien rápidamente creó un ejército de 300,000 hombres con el que llegó a vencer tribus tan lejanas como las establecidas al este en el Golfo de México. Cuando murió en el año 1469, había más que doblado el tamaño del Imperio, que antes de su mandato se extendía sólo un poco mas allá de la ciudad de Tenochtitlán.

Los aztecas constituían la civilización dominante en América. Triunfantes en casi todas las guerras con las tribus vecinas y en la cima de su poder, sufrieron su primera derrota total cuando se fueron a la guerra contra los españoles. ¿Cómo pudo suceder esto? ¿Cómo los aztecas fueron derrotados tan rápida y drásticamente? Tres factores se le atribuyeron al desastre: las enfermedades, las alianzas que lograron los españoles y las creencias religiosas.

Cuando los españoles arribaron al Nuevo Mundo trajeron con ellos gérmenes y enfermedades no existentes entre los indígenas de América. Un pueblo que ha combatido una enfermedad por generaciones, llega a generar inmunidad contra ella. Con el cruzar del tiempo, los gérmenes comienzan a debilitarse. Una enfermedad que mataría a nuestros abuelo, lograría enfermar seriamente a nuestros padres y a nosotros sólo indisponernos. El mismo germen que indisponía a un español, podía matar a un azteca. Las epidemias diezmaron la población y por lo tanto debilitaron el poderío aún antes de comenzar la guerra contra los españoles.

Esto solamente no le hubiera dado la ventaja al enemigo, pues el número de aztecas era muy superior al de los españoles. Pero estos, conscientes de ello y de la superioridad militar contraria, buscaron aliarse con las tribus adversarias vecinas, lo lograron con los Tlaxcala, que eran los nicoguerreros que habían podido permanecer independientes, tras ganar las batallas con los aztecas, sus eternos enemigos. Ellos se unieron a los españoles en el asedio a Tenochtitlán y les suministraron suficientes soldados, sin los cuales por la desproporción en número les hubiera resultado mortal hacer la guerra contra los aztecas.

Aparte de que la suerte no favoreció a los aztecas, diezmados por las enfermedades, deshechos por la poderosa alianza lograda por el enemigo, para empezar, habían cometido un gran error que les costaría muy caro. Cuando los aztecas se encontraron con los españoles, los recibieron en Tenochtitlán con los brazos abiertos, algo que estos guerreros nunca habían hecho antes, ofreciéndoles alojamientos, comida y libre acceso a las audiencias con el Emperador. Una vez en el interior, los españoles les tendieron una emboscada. ¿Por qué les resultó tan fácil la entrada? Hoy en día se explica esta magnánima bienvenida recordando la más poderosa e influyente leyenda de los aztecas, la de Quetzacoatl (narrada aquí en la Parte 1). De acuerdo con ella, el regreso de su dios-rey Quetzacoatl, que todos ansiosos esperaban, se realizaría bajo la forma de un hombre blanco, con barba, que vendría del este, justo la figura y semblanza de los españoles. Muchos creen que los aztecas, profundamente religiosos, creyeron que estaban recibiendo a su por tanto tiempo alejado y favorito líder. Con la ayuda de las epidemias, de los Tlaxcala y de la leyenda citada, los españoles libraron una sangrienta y victoriosa guerra contra el Imperio mejor organizado del nuevo mundo. El sitio de Tenochtitlán duró sólo tres meses y terminó con la derrota de los aztecas y la desaparición de su Imperio. Los españoles quemaron a casi toda Tenochtitlán y dentro de sus mismas cenizas comenzaron a construir una nueva ciudad que con el tiempo se convertiría en la gran metrópoli que es la populosa capital del México de hoy.

The Mayan Civilization

The Mayan civilization extended across all of Central America and included parts of what are today southern Mexico, Guatemala, and Honduras. Throughout their land, the Maya built great cities and ruled over millions of people. They were a civilization very advanced for their time. The Maya had considerable knowledge of mathematics, astronomy, and other sciences. This mastery is an impressive feat, especially considering the fact that these were learned over a thousand years ago.

Unlike other Latin American civilizations, the Maya were not organized under one king. Instead, there were a handful of important cities, each ruled by a *halach uinic*—or "king." Each city controlled the villages around it. In Tikal, for example, the halach uinic ruled not only the ten thousand people that lived in the city, but also the forty thousand people from the surrounding villages.

Most Mayan cities had a similar design: a large courtyard like a town square, temples, and a royal palace. Most cities also had a court for the Maya's most popular game. Played with a ball and similar to soccer, the Mayan ball game had many rules. Penalty points were given for breaking the rules. At the end of the game the team with the least penalties won.

Men in Mayan cities spent their days farming. Usually they burned down sections of the thick forests, thereby clearing the land. Then they would plant the corn. Each farmer carried with him a bag of seed and a stick. Using the stick, he would dig a shallow hole in the ground, then drop a few seeds, and move on to the next spot. With this system, cornstalks grew for a few years in each piece of land. When the seeds no longer produced good cornstalks the men moved on to burn another section of the thick forest.

While the men farmed the women stayed home to weave clothes, prepare food, and take care of children. Mayan mothers carried their babies strapped to their backs. Usually these babies had pieces of wood around their heads. A few days after a baby was born its head was bound between two pieces of wood. One piece was placed on the forehead at a slant, and tied tight to the piece of wood in the back. This practice ensured that the Mayan baby's forehead would be sloped. The long slope that resulted, straight from the forehead down to the tip of the nose, was considered both beautiful and prestigious—a sign of good fortune.

Amongst the most important people in each Mayan city were the priests. The Maya believed in many gods; they believed that these gods controlled the world. The gods brought good fortune, or bad fortune, to the Maya. The corn god made cornhusks grow; the sun god and the rain god brought good harvest. But the gods could just as easily create war or bring on drought or floods. The priests were important because they were the link between the people and the gods. The priests could predict the gods' behavior and prepare accordingly.

Mayan priests were some of the Earth's earliest astronomers. The Maya believed the stars represented the gods, so priests observed the skies to forecast the actions of the gods. The stars' location in the sky told priests a lot about the gods and when they thought the time was right to plant next year's harvest or go to war. For example, if the planet Venus appeared in the morning sky, it signified a time for war. Guided by the position of stars throughout the year, priests planned many events in Mayan society.

Along with a heightened understanding of astronomy the Maya also had an impressive number system. With their numbering system they could count time and thus create a calendar to keep track of the movement of the stars. The number system was also used to track history. We know so much about the different rulers and wars fought in the biggest Mayan cities because each city kept track of its history. Most cities had a collection of "stone trees" called stelae. These were carved stone pillars on which the city's history—with years, rulers, wars, and other important information—was carved. Today you can visit the ruins of a Mayan city, like Tikal in Guatemala, and see Tikal's history told on the stelae that still stand.

In addition to numbers and a counting system, the Maya used the most advanced written language of their time in the Americas. Other American civilizations wrote using glyphs, or drawings that represented items or occurrences. The Maya used glyphs too, but

their glyphs were drawings that also represented sounds. Their glyphs were like our current alphabet. When a Maya wrote he could use the glyph for a tree or he could spell tree by putting together the glyphs for the sounds of "T," "R," and "E." Using this system, the Maya wrote in full sentences that reflected how they spoke.

All this knowledge of astronomy, calendars, writing, and counting developed over more than six hundred years during which the great Mayan cities prospered. Then, in a short period of time, the great civilization disappeared from its own written history. After 889 there are no more inscriptions on the stelae of Tikal. The same is true of other great cities that had reigned over the Maya for hundreds of years. There is evidence that the Maya left these great cities quite quickly. By the year 1100 Maya were living in small villages and the great cities stood abandoned and in ruins.

What happened to these great Mayan cities and civilization? One theory tells us that peasants answered to a king and catered to the demands made by the priests; in exchange the peasants received protection from other tribes, food, and favor with the gods. But then the situation could have changed. There is evidence that the population was growing faster than the food supply. Maybe the citizens of cities like Tikal no longer benefited from living there and so they began leaving. But we do not know for sure what led to the fall of the great Mayan cities. The Maya left no clues, and there is no evidence of war or natural catastrophe. And so to this day, the end of the great Mayan civilization remains one of the mysteries of history.

La civilización maya

La civilización maya se extendió por toda la América Central e incluía partes de lo que hoy es México, Guatemala y Honduras. A través de toda esta área, los mayas construyeron grandes ciudades y gobernaron sobre millones de hombres. El conocimiento que obtuvieron de las matemáticas, de la astronomía y de otras ciencias está entre los logros más impresionantes de esta tribu, considerando, sobre todo, que alcanzaron estos adelantos hace ¡mil años!

A distinción de otras civilizaciones sudamericanas esta no estaba regida por un solo rey. En su lugar había un puñado de ciudades importantes. Cada ciudad controlaba las aldeas que la rodeaban. Un ejemplo de esto fue la ciudad de Tikal. Cerca de 10,000 personas vivían allí, pero incluyendo las aldeas circundantes, ascendían a 50,000 los gobernados por el "halach uinic,"—el rey—de Tikal.

La mayoría de las ciudades mayas tenían un diseño similar: una plaza grande en el centro de la ciudad, con templos y el palacio real a su alrededor. Estas ciudades también tenían en común una cancha donde se practicaba el juego más popular de los mayas, muy similar al fútbol. Se jugaba con una pelota y tenía muchas reglas. Los puntos se acumulaban por penalidades que se imponían cuando se rompía una regla. Al fin del juego ganaba el equipo con menos penalidades.

Los hombres pasaban el día cultivando la tierra. Antes de empezar este trabajo era necesario quemar parte del bosque. Con la tierra así limpia, entonces pasaban a plantar el maíz. Cada granjero caminaba con un bolso lleno de semillas y una estaca con la que cavaba un agujero superficial en la tierra, donde dejaba caer algunas semillas y pasaba entonces a hacer el próximo agujero. Con este sistema el maíz crecía por varios años en cada pedazo de tierra. Cuando ya esa tierra no daba buenas mazorcas los hombres quemaban otra sección de bosque y procedían con la misma rutina.

Mientras que los hombres cultivaban la tierra, las mujeres se quedaban en la casa para tejer la ropa, preparar el alimento de la familia y cuidar a los niños. Las madres llevaban los bebés atados a sus espaldas. A estos bebés les colocaban pedazos de madera alrededor de sus cabezas. Al poco tiempo de nacer un bebé se le ataban estos pedazos de madera, uno inclinado sobre la frente y amarrado fuertemente contra el otro que se le colocaba detrás. En cierto plazo, esa madera aseguraría que la frente del bebé formara un declive que bajaría hasta la punta de la nariz. Esta inclinación era considerada hermosa y prestigiosa—una muestra de buena fortuna.

Los sacerdotes formaban la clase más importante de cada ciudad. Los mayas creían en muchos dioses y en que estos dioses controlaban el mundo. Ellos traían la buena o la mala fortuna. El dios del maíz influía en la cantidad y tamaño de las mazorcas; el dios del sol y el dios de la lluvia aseguraban un buen clima para la buena cosecha. Pero también podrían fácilmente crear guerras, sequías o inundaciones. Esta era la razón de la importancia de los sacerdotes. Ellos eran la conexión entre las acciones de la gente, y los dioses podrían predecir su comportamiento y prepararse por consiguiente. Los sacerdotes mayas fueron unos de los primeros astrónomos del mundo. Creían que las estrellas representaban a los dioses, por lo que observaban los cielos para predecir las acciones de los mismos. La localización de las estrellas en el cielo les decía mucho sobre los dioses y cuándo era el momento correcto para plantar la cosecha del año próximo o de ir a pelear. Por ejemplo, cuando el planeta Venus aparecía en el cielo de la mañana, significaba que llegaba la época de la guerra. Guiados por la posición de las estrellas durante el año los sacerdotes predecían y planeaban muchos acontecimientos en la sociedad maya.

Además de una comprensión avanzada de la astronomía, los mayas también tenían un sistema numérico impresionante, con el que podían calcular el tiempo y crear así un calendario para seguir el curso de las estrellas. Este sistema también fue utilizado para narrar la historia. Sabemos tanto sobre distintos gobiernos y combates librados en las más grandes ciudades mayas porque mantenían el registro de sus crónicas. La mayoría de estas ciudades tenían una colección de árboles de piedra, o estelas. Estos árboles de piedra eran pilares en los que se tallaba la historia de la ciudad, sus gobiernos, los años de las guerras y otros sucesos importantes. Hoy en día se pueden visitar las ruinas de una ciudad maya como Tikal en Guatemala, y ver su historia escrita en las estelas que allí aún permanecen.

LUIS FERNANDO GUERRERO

Además del sistema numérico, los mayas utilizaron el lenguaje escrito más avanzado de su tiempo en las Américas. Otras civilizaciones americanas escribieron con dibujos que representaban objetos u ocurrencias. Estos se conocen como glifos. Los mayas utilizaron los glifos pero sus glifos incluían dibujos que representaban también sonidos. Eran como nuestro alfabeto actual. Por ejemplo, cuando un maya escribía, podía utilizar el glifo de un árbol o podía deletrear el árbol poniendo juntos los glifos correspondientes a los sonidos de á-r-b-o-l. Usando este sistema, los mayas escribieron oraciones completas similares a la forma en que hablaban.

Todos estos conocimientos sobre la astronomía, los calendarios, y la escritura se desarrollaron a través de más de seiscientos años, cuando prosperaron las grandes ciudades mayas. A continuación, en un periodo de tiempo corto, esta gran civilización desapareció de su propia historia escrita. Después de 889 no hay inscripciones en las estelas de

Tikal. Igual sucedió con otras grandes ciudades que habían reinado por cientos de años. Hay evidencia de que los maya abandonaron estas grandes ciudades con gran rapidez. Al llegar el año 1,100 vivían en aldeas pequeñas y las grandes ciudades estaban en ruinas.

¿Qué les sucedió a esas grandes ciudades y a la civilización Maya? Una teoría nos dice que los campesinos se sometían a las órdenes del rey y a las demandas de los sacerdotes debido a las ventajas que obtenían por vivir en la ciudad: protección contra las otras tribus, alimentos y los favores de los dioses. Pero hay evidencia de que la situación cambió debido a que la población creció más rápidamente que el suministro de alimentos. Los ciudadanos de las grandes ciudades como Tikal, posiblemente ya no se beneficiaban tanto por vivir allí y comenzaron a irse. Pero no sabemos a ciencia cierta qué condujo a la caída de las grandes ciudades de los mayas. No dejaron ninguna información ni hay evidencia de guerra o de catástrofe natural que la produjera. Y hasta este día, el final de la civilización maya permanece siendo uno de los grandes misterios de la historia.

Gonzalo Jiménez de Quesada

Gonzalo Jiménez de Quesada was born and lived his youth in Andalucia, an area in southern Spain. As a young lawyer Gonzalo experienced a stroke of bad luck. He was assigned to a case that involved his family—Gonzalo on one side of the dispute, his family on the other. Gonzalo's side lost. But even so, his relationship with his family was left troubled. Although the situation was very unfortunate, it probably played into Gonzalo's decision to seek out a new life. He found this new life when he joined an expedition to the New World, a decision that gave him a place in history as the leader of the settlement that became Columbia.

Right around the time that Gonzalo Jiménez de Quesada's family friction occurred, good luck came to a man named Don Pedro Fernández de Lugo: The king and queen of Spain bestowed upon him the governorship of a territory in the New World. This large area of land was west of Venezuela and went north up to Cartagena. At the time, expeditions to the New World were the talk of all Spain. A governorship to lead the colonization of an area was a rare and wonderful opportunity. For Don Pedro the job entailed establishing a colony in the name of Spain. But just getting to the area would be an accomplishment. The expedition would travel across the Atlantic to the eastern coast of South America. This trip alone took months, but once they reached land they would still be far away from the territory de Lugo was to settle. The group would then embark on an arduous journey travelling through the continent towards the western coast. Don Pedro needed to assemble a large group to achieve this goal. He went about gathering supplies, obtaining the ships, and hiring the men needed for such a journey. Amongst the men recruited was Gonzalo Jiménez de Quesada. Gonzalo was named chief magistrate and became second in command, a very respectable job offer. So shortly after losing the legal case, he left his job as a lawyer and left Andalucia to seek a new beginning in the New World.

You could say that some of Gonzalo's bad luck traveled with him. When de Lugo's expedition reached South America fortune was not on their side. They touched land near a small Spanish settlement. But the settlement, founded about ten years before, was in bad shape. The nearby Carib Indians were fierce and unrelenting. Their constant attacks on the Spaniards kept the settlers from encroaching on Carib villages and did much to erode morale. These native Indians fought with poisonous arrows, particularly potent weapons that could debilitate the Spanish offensive. The Indians made the poison from the root of the manchineel tree, which they cooked together with an array of insects to make a paste. They then coated the arrows, aimed at the Spaniards, and buried the poison into their skin. This is the welcome de Lugo's men received when they reached the New World.

As if the Caribs were not enough, the expedition met with internal opponents and then a deadly disease. The little gold the Spaniards managed to plunder from the Caribs was soon stolen. The culprit was, surprisingly, Don Pedro's son, who, in the middle of one night, loaded the gold into boats and left. Soon after that blow, an epidemic hit. So many men died that they were buried in groups—without any time for graves. The situation turned desperate early on. Don Pedro Fernández de Lugo had come with great hopes and they were falling apart.

Amidst all these obstacles Gonzalo Jiménez de Quesada still had the courage to forge onward. He reminded de Lugo that his governorship lay on the other side of the continent and they needed to get there. Gonzalo offered to lead the expedition past the wild Caribs and up the Great River to the vast continent beyond. The plan was for Don Pedro de Lugo to maintain the base camp while Quesada marched forward with a small army. These men would clear the path for others to then follow. In the spring of 1536 Don Gonzalo Jiménez de Quesada began his journey. The mini-expedition included five hundred soldiers with hundreds of Indian "carriers" and eighty-five loaded horses carrying all the food and supplies needed. The men were excited to be part of the expedition, not just because they were determined to reach the western coast but also, because the legends about a city built with gold pointed to their destination as its location. This group led by de Quesada saw success and wealth in their near future.

ALEX LEVITAS

1 5 5

Success and wealth rarely come easy. As the expedition entered the interior of South America the men were confronted by daily obstacles that astounded them. April brought major rains and then harsh sun. Between the rain and the humidity the men's clothes never dried and the food rotted quickly. As they marched onward through the marshes they encountered alligators. The Spaniards recounted how these "lizard fish" ferociously grabbed a man and dragged him underwater never to be seen again. In addition to the alligators, wild cannibals and flesh-eating fish were a common problem. This environment took its toll on the expedition. Months into the travel westward there was one dead among every five that had begun the journey. With all this going on, Gonzalo could easily have given up, arguing that too many signs pointed towards failure.

Pedro de Lugo had made a wise choice when he hired his second in command. At this pivotal point in the course of the expedition, Gonzalo Jiménez de Quesada began proving this. With his eye on reaching the west, Gonzalo became a stoic leader who instituted rules and harsh punishments for those that broke them. To get food Gonzalo organized ambushes of Indian villages, and ordered his group to steal the food. When horses started dying, Gonzalo suspected the starving soldiers had something to do with this; a dead horse meant a big meal. But the horses, needed for carrying supplies and transportation, were critical to the success of the journey. Gonzalo issued a controversial order that any soldier suspected of killing a horse for food would pay with his life. And to prove the seriousness of the order he carried it out. Gonzalo disciplined the minds of the delirious soldiers who were desperate to end their situation. He did what needed to get done and all day continued to give the same order: "March forward." The leader realized the only way out was to continue onward and survive the daily challenges. So under the leadership of Gonzalo Jiménez de Quesada the troops forged on. With axes the men cut away paths for the horses. At times the horses could not traverse the thickness of the forest or the tall rock. To overcome these obstacles the men made slings. They twisted vines together and lifted the horses over the obstacles. Day in day out, under the "March Forward" command of Gonzalo, the group continued apace. Then the day finally arrived. The expedition reached the valley of La Grita. After months spent in the thick of the forest, they came upon a wide stretch of open land. There was a village with numerous huts and small fires burning. The men were instantly rejuvenated. They felt close to the territory that they were to settle. And they felt very close to the famed city of gold. For the first time since leaving Santa Marta the men again thought of the prestige they would have for being the first to settle the area. They thought of the wealth that awaited them when they brought home the treasures of the famed golden city, El Dorado.

At this point the men all had the same question in mind: After so many months of despair, sickness, and endless hard times, how much of their success should be attributed and credited to the leader left behind in Santa Marta? Should Don Pedro Fernandez de Lugo get all the credit? It wasn't only the troops who contemplated this; their leader did too. Gonzalo Jiménez de Quesada was a smart man. He addressed the soldiers and said he was quitting his job as leader of the expedition. Why? Because when he agreed to lead the expedition in the name of de Lugo he had not foreseen the amount of work, pain, and daily struggle that were to come. They still had a lot of work to do to settle the area. But Gonzalo said he did not feel right commanding such a dangerous expedition, and one which would not benefit them all in the end. Then he suggested they elect a new leader. And that he would honor their choice no matter who was selected. Of course the men elected Gonzalo. He was named captain general without any dependence on the government in Santa Marta. Officially, the men were now mutineers with de Quesada their leader. Nevertheless, the work ahead required further risk and a steadied commitment. But the knowledge that the prestige and wealth would stay within the group probably reinvigorated the men.

The troops were now ready to proceed. Once they found El Dorado all wealth and prestige would be theirs. But first there was the issue of extracting the location of El Dorado from the native Indians. Quesada had a plan for how to treat the villagers, these Indians that lived in the huts and farmed the perfectly planted fields. He presented to his men a plan that would best yield the truth of El Dorado from the Indians. "It will be sound judgment to try winning them by flattery, and forbear breaking with them until occasion demands it." De Quesada understood that the best way for the Spaniards to overtake this land, colonize and make it their own, was to begin by befriending the Indians. This was manipulative but necessary, he thought. Gonzalo believed that the Spaniards could achieve more using diplomacy than by using arms.

But the Spaniards soon became frustrated. There had to be more jewels. The Indians had to be hiding gold. And so they turned to systematic cruelty. Its goal was to extract secrets from the Indians. The Indians began telling stories of cities to the north with temples floored in gold and doors embedded with emeralds. Were the stories true or were they merely tales spun in the hopes of getting the Spaniards out of their villages? Gonzalo went in search of Sacresaxigua, the native leader, to find out. Again he preached friendliness over might. He captured Sacresaxigua but promised benevolence if the king turned over his gold. He told Sacresaxigua the gold was for the pope. The leader agreed to surrender the gold and jewels. He asked for only one thing in return: that when all the gold and emeralds were delivered, he be freed. The two leaders had made a deal. Or so Gonzalo thought.

Sacresaxigua ordered his people to begin bringing gold to the Spaniards. Day after day Indians arrived bent over by the heavy weight of the gold on their backs. The Spaniards were wide-eyed as they watched the parade of treasures. The Indians kept emptying their sacks and going back for more. But again, most wealth is not easily gotten. One morning, just about the time the Indians had delivered most of their treasures, Gonzalo returned and the room was empty. He immediately realized he had been tricked. Word traveled throughout the native communities. Sacresaxigua had heard of the atrocities suffered by tribes in the south at the hands of the Spaniards. Assured that he would die, Sacresaxigua decided to teach the Spaniards a lesson. The Indian chief never again ordered his people to surrender the gold and jewels. Nor did he divulge where it all was. And never again did these Spaniards see it.

At no time did Gonzalo Jiménez de Quesada call any goal hopeless. However, his next challenging step had nothing to do with gold hunting. The search for El Dorado seemed to take second place after the incident with Sacresaxigua. Gonzalo turned his attention toward establishing a city on the site that had taken them so much time and hardship to reach. After all, settlement was the original goal of the expedition. Gonzalo declared the land in possession of King Charles V, and ordered that a mass be held to celebrate and give praise. The Spaniards, helped by Indians, set about building the church and homes. Slowly the new city of Granada was established.

The man who left Spain broke and humbled by a lost lawsuit was now returning with the proud news of a land conquered in the name of Spain. Don Fernando de Lugo had died and Gonzalo Jiménez de Quesada wanted the governorship of New Granada given to him. But as he was petitioning complaints were being filed against him from over-seas. The "March forward" commands, the death penalties against those that did not follow his rules, all these were being lodged against him as egregious crimes. He was also accused of taking more emeralds and gold from the Indians than he handed over to the Crown. Gonzalo was ordered to appear in court. When he did not show up Queen Juana sent him to jail.

Gonzalo Jiménez de Quesada fled to France, and then to Italy and, later, Portugal. With legal trouble chasing him, Gonzalo traveled throughout Europe. He spent these days writing his memoirs of life in the Americas. He told his story of what it was like to go into the interior of the continent, his encounters with Indians, and the tales of El Dorado. Soon his writings were published in books. And then, when his legal issues were resolved, Gonzalo returned to Spain. His disagreements with the Crown were worked out, and Gonzalo was soon named Marshall de Quesada. Having finished writing books, Gonzalo once again began to think of finding El Dorado.

After almost ten years away, Gonzalo Jiménez de Quesada returned to the colony he had founded. When he left the city of Sante Fé de Bogotá it consisted of nothing more than a church and a group of colonists' hut homes. But during the time he was gone the colony had transformed into a bustling town. He soon became somewhat of a celebrity, spending hours in town discussing his conquistador days, his flight from Spanish courts, and his travels through Europe. Whenever there was an Indian uprising the people asked his opinion. When groups of conquistadors set out to conquer more, they consulted Marshall de Quesada. Gonzalo may have enjoyed his prestige in the New World but his primary focus was finding the city of El Dorado and obtaining what Sacresaxigua and his people had cleverly retained.

In 1569 Gonzalo Jiménez de Quesada headed out on his final and what he hoped was a successful search for El Dorado. One thousand five hundred Indians and three hundred Spaniards accompanied him on this expedition. In addition there were slaves, hundreds of horses, and cattle. But two years later there were twenty-five men left. Some had died, others returned home to Santa Fé. Still, de Quesada marched on for another year. But El Dorado was to forever elude Gonzalo. His last loyal troops convinced their leader that it was time to return home to Santa Fé.

Gonzalo Jiménez de Quesada lived out his final years in the New World. By then the Crown had bestowed upon him the title of Don and a coat of arms that symbolized his contribution to Spain's settlement of the New World. The coat of arms included a "mountain looming out of the waters of the sea, and many emeralds scattered on the waters." The Crown explained this was "in memory of the mines which [de Quesada] discovered." At the base of the mountain, "and crowning it [were] great trees on a field of gold, and a golden lion on a red field with a sword between his paws." The Crown further explained that this was "in memory of the spirit and energy [de Quesada] showed in going up by river to discover and conquer the New Kingdom." Gonzalo Jiménez de Quesada died in 1579 in this new kingdom, a place that eventually became Bogota in the country of Colombia.

Gonzalo Jiménez de Quesada

Gonzalo Jiménez de Quesada nació y vivió su juventud en Andalucía, una región del sur de España. Como abogado joven Gonzalo tuvo mala suerte. Le asignaron un caso en el que su familia estaba implicada, Gonzalo en una cara del conflicto, su familia en la otra. Los representados por Gonzalo perdieron. Aún así, los lazos con su familia quedaron afectados. La situación, aunque desafortunada, fue probablemente el factor de mayor peso en su decisión de buscar una nueva vida. Esta búsqueda lo llevó a unirse a una expedición que partiría hacia el Nuevo Mundo, una decisión que lo colocó en la historia como líder en la colonización del territorio que más tarde se convertiría en Colombia.

Al tiempo que empezó la fricción entre Gonzalo y su familia, la suerte cayó en otro joven llamado Don Pedro Fernández de Lugo, a quien el Rey y la Reina de España le concedieron el gobierno en el Nuevo Mundo del territorio situado al oeste de Venezuela, que llegaba por el norte hasta Cartagena de Indias. En este tiempo las expediciones al Nuevo Mundo eran el principal motivo de conversación en España y el ocupar la posición de gobernador de una colonia era una oportunidad singular. Para Don Pedro la misión consistía en establecer una colonia en nombre de España, pero sólo el llegar a tan remoto territorio ya se consideraba un éxito. La expedición viajaría a través del Atlántico hasta la costa este de América del Sur, pero aún después de alcanzar la costa, todavía se encontraban muy lejos de las tierras que debían colonizar. La expedición entonces emprendería un arduo viaje hacia la costa occidental, a través del continente. Don Pedro necesitaba organizar un grupo numeroso de hombres, obtener las naves necesarias, y reunir las provisiones esenciales para esta empresa. Entre los hombres reclutados estaba Gonzalo Jiménez de Quesada, quien fue nombrado oficial principal y segundo jefe de la expedición, una muy buena oferta de trabajo, por lo que poco después de perder el pleito legal de su familia, dejó Andalucía y su posición de abogado y se fue a comenzar una nueva vida en el Nuevo Mundo.

Usted podría decir que, en parte, la mala suerte perseguía a Gonzalo. Cuando la expedición de Lugo llegó a la América del Sur la buena fortuna no estaba de su lado. Tocaron tierra cerca de un poblado español pequeño que había sido fundado unos diez años antes y estaba en malas condiciones. Los indios más cercanos, los Caribes, eran feroces e implacables. Sus constantes ataques le impedían a los españoles su asentamiento y les erosionaba la moral. Estos indios nativos peleaban con flechas venenosas capaces de debilitar la ofensiva de los conquistadores. Extraían el veneno de la raíz del árbol de manzanillo, que cocinaban junto con un arsenal de insectos para formar una pasta con la que cubrían las flechas que le disparaban a los españoles, clavándoles, el veneno en la piel. Este fue el recibimiento hecho a la expedición de Lugo cuando llegó al Nuevo Mundo.

Como si los ataques de los Caribes no fuera suficiente, la expedición tuvo que enfrentarse a los opositores internos y a enfermedades mortales. El poco oro que los españoles lograron incautarle a los Caribes pronto les fue robado por sus propios súbditos. La desgracia vino de las manos del hijo de Don Pedro quien, en medio de una noche, cargó el oro en los barcos y se marchó. Antes de que pudieran recuperarse de este golpe brutal los azotó una epidemia en la que murieron tantos hombres que los enterraron en grupos. La situación se tornó desesperada desde el principio. Las grandes esperanzas con que había venido Don Pedro Fernández de Lugo se derrumbaban.

En medio de todos estos obstáculos Gonzalo Jiménez de Quesada mantuvo el impulso de seguir adelante. Le recordó a Lugo que su empresa como gobernador descansaba en su arribo al otro lado del continente y que ellos necesitaban llegar allí. Gonzalo se ofreció para conducir la expedición pasando por los Caribes salvajes y subiendo el gran río Magdalena hasta el extenso territorio que se encontraba más allá. El plan consistió en que Don Pedro de Lugo se mantuviera en el campamento base mientras Quesada marchaba adelante con un ejército pequeño. Estos hombres abrirían el camino para que les siguieran los otros. En la primavera de 1536 Gonzalo Jiménez de Quesada comenzó su viaje.

La pequeña expedición incluía a quinientos soldados con centenares de arrieros indios y 85 caballos que cargaban todo el alimento y las provisiones necesarias. A los hombres les entusiasmaba ser parte de la expedición, y no sólo porque estaban determinados a alcanzar la costa occidental, si no también, porque la leyenda acerca de una ciudad construida con oro la localizada hacia ese destino. Este grupo que conducía de Quesada veía el éxito y la riqueza en su futuro cercano.

Pero el éxito y la abundancia no llegan fácilmente. A medida que entraban en el interior de la América del Sur, los obstáculos diarios asombraban a los hombres. El mes de abril trajo grandes lluvias y un fuerte sol. Entre la lluvia y la humedad las ropas de los hombres nunca se secaban y los alimentos se estropeaban rápidamente. En su marcha hacia adelante a través de los pantanos, encontraron muchos cocodrilos. Los españoles contaban después como estos "pescados lagartos" agarraban ferozmente a un hombre y lo arrastraban por debajo del agua para no volverlo a ver jamás. Además de los cocodrilos, los salvajes caníbales y los peces carnívoros eran un problema común. Este ambiente le costó muy caro a la expedición. Al cabo de varios meses, en el recorrido hacia el oeste, habían muertos uno de cada cinco que habían comenzado el viaje. Con todo esto sucediendo Gonzalo habría podido abandonar fácilmente la empresa, alegando que habían demasiadas señales de fracaso.

Pedro de Lugo había hecho una buena selección al nombrar a su segundo jefe. En este momento crucial en el curso de la expedición, Gonzalo Jiménez de Quesada comenzó a demostrarlo. Con vista a alcanzar el oeste, Gonzalo resultó ser un estoico líder que instituyó reglas y duros castigos para quien las rompiera. Para conseguir el alimento, Gonzalo organizó emboscadas en las aldeas indias que encontraban y ordenó que les robaran. Los caballos morían y Gonzalo sospechó que los soldados hambrientos tenían algo que ver con esto pues un caballo muerto significaba una buena comida. Pero los caballos, necesitados para la carga y el transporte eran críticos para el éxito del viaje. Gonzalo publicó una orden polémica que cualquier sospechoso de matar a un caballo para comérselo pagaría con su vida. Y para probar la seriedad de la orden la llevó a efecto. Gonzalo disciplinó las mentes de los soldados delirantes que estaban desesperados por terminar la situación. El hizo lo que era necesario para conseguir su meta y continuaba todo el día dando la misma orden: "¡adelante!" El se dio cuenta que la única salida era seguir avanzando y sobrevivir los desafíos diarios.

Así bajo la dirección de Gonzalo Jiménez de Quesada las tropas continuaron su marcha. Con las hachas los hombres iban abriendo los caminos para los caballos. A veces éstos no podían atravesar el espesor del bosque o de las rocas. Para superar estos obstáculos hicieron una especie de cabestrillos, torciendo y juntando parras, con los que levantaban a los caballo alzándolos sobre las roas. Día a día bajo el comando de Gonzalo, los hombres seguían avanzando. Finalmente el día esperado llegó. La expedición alcanzó el valle de La Grita. Después de meses en el espesor del bosque, delante de ellos se extendía un terreno limpio. Había una aldea con numerosas chozas y pequeños fuegos ardiendo. Los hombres se reavivaron inmediatamente. Se sentía ya cerca el territorio donde debían establecerse, muy cerca de la famosa ciudad de El Dorado. Por primera vez desde que dejaron Santa Marta pensaron otra vez en el prestigio que obtendrían por ser los primeros en colonizar el área. Pensaron en la abundancia que les aguardaba cuando llevaran a sus hogares las riquezas de la famosa ciudad de oro, El Dorado.

En este momento todos se hacían la misma pregunta. Después de tantos meses de desesperación, de duro trabajo, de fiebres, y de interminables épocas difíciles, ¿Cuánto de este trabajo duro se le debe atribuir y acreditar al jefe dejado atrás en Santa Marta? ¿Debe esta labor dura enriquecer sobre todo a Pedro Fernández de Lugo? No solamente eran las tropas las que pensaban esto, sino también su inteligente líder Gonzalo Jiménez de Quesada. El se dirigió a sus soldados y les dijo que renunciaba a su posición como jefe de la expedición. ¿Por qué? Porque cuando él acepto conducir la expedición en nombre de Lugo, no había previsto la cantidad de trabajo, de pena y de lucha diaria que exigió. Todavía tenían mucho más que hacer para colonizar el área. Pero Gonzalo dijo que no se sentía con derecho a ordenar una expedición tan peligrosa, que al fin no los beneficiaría a todos por igual y sugirió que eligieran a un nuevo líder, que él lo aceptaría si importarle quién fuera seleccionado. Por supuesto, los hombres eligieron a Gonzalo y lo nombraron capitán general, sin ninguna dependencia del gobierno en Santa Marta. Oficialmente, los hombres ahora eran disidentes, siendo de Quesada su nuevo jefe. Sin embargo, el trabajo a realizar requirió riesgo adicional y un compromiso firme. Saber que el prestigio y las ganancias se quedaban dentro del grupo probablemente fortaleció a los hombres.

Las tropas ahora estaban listas para proceder. Una vez que encontraran El Dorado toda la riqueza y el prestigio serían suyas. Pero primero había que arrancarles a los indios nativos el secreto de la localización de El Dorado. Quesada tenía un plan para tratar a aquellos aldeanos que vivían en las chozas y cultivaban perfectamente sus campos. Les presentó a sus hombres un plan como la mejor forma posible de extraer la verdad sobre El Dorado de los indios: "Seria de buen juicio intentar ganarlos por la adulación, y abstenerse de romper con ellos hasta que llegase la ocasión." De Quesada entendía que la mejor manera de alcanzar la meta de colonizar y apropiarse de estas tierras era siendo amigables y protegiendo a los indios. Esto era astuto y necesario. Gonzalo pensó que ellos conquistarían más con la diplomacia que con las armas.

Pero los españoles rápidamente se frustraron. Tenía que haber más joyas, pensaron. Los indios debían estar ocultando el oro. Y la crueldad sistemática comenzó. Su meta era extraer de los indios sus secretos. Estos comenzaron a contar historias de ciudades más al norte con templos de pisos de oro y puertas con incrustaciones de esmeralda. ¿Eran ciertas las historias o las hacían simplemente para conseguir que los españoles se fueran de sus aldeas? Gonzalo, para averiguarlo fue en busca de Sacresaxigua, el líder de los nativos. Otra vez predicó amistad por encima de la fuerza. El capturó a Sacresaxigua pero prometió benevolencia si entregaba el oro y las joyas del rey. Le dijo que el oro era para el Papa. El líder indio estuvo de acuerdo si, a cambio él era liberado. Los dos hombres habían hecho un pacto. Gonzalo así lo creyó.

Sacresaxigua pidió a su gente que comenzaran a traer el oro a los españoles. Día tras día los indios llegaban doblados por el peso del oro que cargaban en sus espaldas. Los españoles eran todo ojos ante la riqueza entregada. Los indios simplemente vaciaron sus bolsas y regresaban por más. Pero, otra vez decimos, las riquezas no se obtienen fácilmente. Una mañana, apenas terminando los indios de entregar la mayor parte de sus tesoros, cuando Gonzalo regresó el cuarto estaba vacío. El se dio cuenta inmediatamente que lo habían engañado. Las noticias corrían entre las comunidades nativas. Sacresaxigua había oído hablar de los muertos sufridos en las tribus del sur a manos de los españoles. Seguro de que él moriría, Sacresaxigua decidió darles una lección. El jefe nunca ordenó otra vez a su gente volver a traer oro y joyas. Ni divulgó dónde estaban. Y nunca jamás los españoles volvieron a verlas.

Pero no hubo ocasión en que Gonzalo Jiménez de Quesada consideró una meta sin esperanza. Sin embargo, su próximo paso no tenía nada que ver con la caza del oro. La búsqueda de El Dorado parecía ocupar un segundo lugar después del incidente con Sacresaxigua. Gonzalo tornó su atención hacia establecer una ciudad en esta área que tanto tiempo y dificultad les había tomado alcanzar. Después de todo, la colonización era la meta original de la expedición. Gonzalo ordenó se dijera allí una misa y declaró aquellas tierras posesión del rey Carlos V. Los españoles ayudados por los indios, comenzaron la construcción de la iglesia y de las casas. Poco a poco, la ciudad de Nueva Granada se fue estableciendo. Llegó la hora de dejar de ser el hombre que había dejado España humillado por un pleito perdido y sin un real, volviendo con las noticias de su conquista en nombre de España. Fernando de Lugo había muerto y Gonzalo Jiménez de Quesada

SHANNON WORKMAN

deseaba ser nombrado gobernador de Nueva Granada. Pero mientras la gestionaba, las quejas contra él se acumulaban. La orden de "¡adelante!," la pena de muerte contra los que no siguieron sus reglas, todas eran denuncias contra él, achacándole crímenes notorios. También lo acusaban de quedarse con más esmeraldas y oro de los indios que lo que entregaba a la Corona. Gonzalo fue demandado ante un tribunal. Al no presentarse, la reina Juana lo mandó a encarcelar.

Entonces huyó a Francia, después a Italia y por último a Portugal. Por sus problemas legales viajó a través de toda Europa, tiempo que pasó escribiendo las memorias de su vida en América. Relató cómo habían logrado llegar al interior del continente, el encuentro con los indios y sus historias de El Dorado, todo lo cual fue publicado en varios libros. Más tarde, cuando resolvió sus cuestiones legales, regresó de vuelta a España. Al arreglar sus desacuerdos con la Corona, se le concedió el título de Mariscal de Quesada. Cesó de escribir y comenzó de nuevo a pensar en el hallazgo de El Dorado.

Después de casi diez años de ausencia, Gonzalo Jiménez de Quesada retornó a la colonia que había fundado. Cuando él dejó la ciudad de Santa Fe de Bogotá no había allí nada más que una iglesia y las chozas para los colonizadores. A su vuelta, en 1550, Gonzalo se encontró una ciudad en ebullición, donde se convirtió en una celebridad. Pasaba horas allí discutiendo sus días de conquistador, su huida de las cortes españolas y sus recorridos a través de Europa. Siempre que había una sublevación india la gente le pedía su opinión. Cuando varios grupos de conquistadores promulgaron la conquista de más tierras, ellos primero vieron al Mariscal de Quesada. Gonzalo debía haber gozado su prestigio en el Nuevo Mundo, pero su meta principal era encontrar la ciudad de El Dorado y obtener todo lo que Sacresaxigua y su gente habían sabido tan hábilmente ocultar.

En 1569 Gonzalo Jiménez de Quesada partió hacia su última y esperanzada búsqueda de El Dorado. Mil quinientos indios y trescientos españoles eran parte de esta expedición. Además iban esclavos, centenares de caballos y ganado. Dos años más tarde quedaban sólo 25 hombres. Algunos habían muerto, otros habían regresado a su casa de Santa Fe. No obstante de Quesada continuó en su empeño por un año más. Pero El Dorado eludió lantado de que ya era hora de volver a Santa Fe.

Gonzalo Jiménez de Quesada vivió sus últimos años en el Nuevo Mundo. Para entonces la Corona le había concedido el título de Don y un escudo que simbolizaba su contribución al establecimiento de las colonias españolas en América. El escudo mostraba una "montaña que salía del mar y muchas esmeraldas dispersas en las aguas." La corona explicó que esto representaba las minas que de Quesada había descubierto. En la base y en la cima de la montaña se veían grandes árboles en un campo de oro, y un león dorado en un campo con una espada entre sus patas. La corona explicó que esta parte era en recuerdo del espíritu y la energía demostrada por de Quesada al navegar río arriba en la búsqueda y conquista del Nuevo Reino de Granada, como él llamó a este territorio. Jiménez de Quesada murió en 1579 en el mismo lugar que había fundado y que es donde se alza hoy en día Santa Fe de Bogotá, la gran ciudad capital de Colombia.

Spanish-American Literature of More Recent Times

Bless Me Ultima

Let me begin at the beginning. I do not mean the beginning that was in my dreams and the stories they whispered to me about my birth, and the people of my father and mother, and my three brothers—but the beginning that came with Ultima.

The attic of our home was partitioned into two small rooms. My sisters, Deborah and Theresa, slept in one and I slept in the small cubicle by the door. The wooden steps creaked down into a small hallway that led into the kitchen. From the top of the stairs I had a vantage point into the heart of our home, my mother's kitchen. From there I was to see the terrified face of Chavez when he brought the terrible news of the murder of the sheriff; I was to see the rebellion of my brothers against my father; and many times late at night I was to see Ultima returning from the llano where she gathered the herbs that can be harvested only in the light of the full moon by the careful hands of a curandera.

That night I lay very quietly in my bed, and I heard my father and mother speak of Ultima.

"Está sola," my father said, "ya no queda gente en el pueblito de Las Pasturas—"

He spoke in Spanish, and the village he mentioned was his home. My father had been a vaquero all his life, a calling as ancient as the coming of the Spaniard to Nuevo Méjico. Even after the big rancheros and the tejanos came and fenced the beautiful llano, he and those like him continued to work there, I guess because only in that wide expanse of land and sky could they feel the freedom their spirits needed.

"Qué jéstima," my mother answered, and I knew her nimble fingers worked the pattern on the dolly she crocheted for the big chair in the sala.

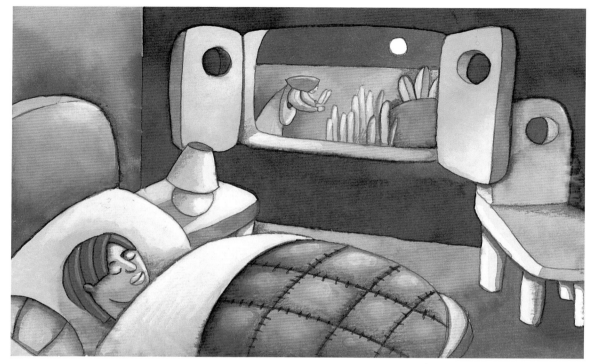

RUTH ARACELI RODRIGUEZ

I heard her sigh, and she must have shuddered too when she thought of Ultima living alone in the loneliness of the wide llano. My mother was not a woman of the llano, she was the daughter of a farmer. She could not see beauty in the llano and she could not understand the coarse men who lived half their lifetimes on horseback. After I was born in Las Pasturas she persuaded my father to leave the llano and bring her family to the town of Guadalupe where she said there would be opportunity and school for us. The move lowered my father in the esteem of his compadres, the other vaqueros of the llano who clung tenaciously to their way of life and freedom. There was no room to keep animals in town so my father had to sell his small herd, but he would not sell his horse so he gave it to a good friend, Benito Campos. But Campos could not keep the animal penned up because somehow the horse was very close to the spirit of the man, and so the horse was allowed to roam free and no vaquero on that llano would throw a lazo on that horse. It was as if someone had died, and they turned their gaze from the spirit that walked the earth.

It hurt my father's pride. He saw less and less of his old compadres. He went to work on the highway and on Saturdays after they collected their pay he drank with his crew at the Longhorn, but he was never close to the men of the town. Some weekends the llaneros would come into town for supplies and old amigos like Bonney or Campos or the Gonzales brothers would come by to visit. Then my father's eyes lit up as they drank and talked of the old days and told the old stories. But when the western sun touched the clouds with orange and gold the vaqueros got in their trucks and headed home, and my father was left to drink alone in the long night. Sunday morning he would get up very crudo and complain about having to go to early mass.

"She served the people all her life, and now the people are scattered, driven like tumbleweeds by the winds of war. The war sucks everything dry," my father said solemnly, "it takes the young boys overseas, and their families move to California where there is work—"

"Ave María Purisima." My mother made the sign of the cross for my three brothers who were away at war. "Gabriel," she said to my father, "it is not right that la Grande be alone in her old age—"

"No," my father agreed.

"When I married you and went to the llano to live with you and raise your family, I could not have survived without la Grande's help. Oh, those were hard years—"

"Those were good years," my father countered. But my mother would not argue.

"There isn't a family she did not help," she continued, "no road was too long for her to walk to its end to snatch somebody from the jaws of death, and not even the blizzards of the llano could keep her from the appointed place where a baby was to be delivered—"

"Es verdad," my father nodded.

"She tended me at the birth of my sons—" And then I knew her eyes glanced briefly at my father. "Gabriel, we cannot let her live her last days in loneliness."

"No," my father agreed, "it is not the way of our people."

"It would be a great honor to provide a home for la Grande," my mother murmured. My mother called Ultima la Grande out of respect. It meant the woman was old and wise.

"I have already sent word with Campos that Ultima is to come and live with us," my father said with some satisfaction. He knew it would please my mother.

"I am grateful," my mother said tenderly, "perhaps we can repay a little of the kindness la Grande has given to so many."

"And the children?" my father asked. I knew why he expressed concern for me and my sisters. It was because Ultima was a curandera, a woman who knew the herbs and remedies of the ancients, a miracle-worker who could heal the sick. And I had heard that Ultima could lift the curses laid by brujas, that she could exorcise the evil the witches planted in people to make them sick. And because a curandera had this power she was misunderstood and often suspected of practicing witchcraft herself.

I shuddered and my heart turned cold at the thought. The cuentos of the people were full of the tales of evil done by brujas.

"She helped bring them into the world, she cannot be but good for the children," my mother answered.

"Está bien," my father yawned, "I will go for her in the morning.

So it was decided that Ultima should come and live with us. I knew that my father and mother did good by providing a home for Ultima. It was the custom to provide for the old and the sick. There was always room in the safety and warmth of la familia for one more person, be that person stranger or friend.

It was warm in the attic, and as I lay quietly listening to the sounds of the house falling asleep and repeating a Hail Mary over and over in my thoughts, I drifted into the time of dreams. Once I had told my mother about my dreams, and she said they were visions from God and she was happy, because her own dream was that I should grow up and become a priest. After that I did not tell her about my dreams, and they remained in me forever and ever ...

In my dream I flew over the rolling hills of the llano. My soul
wandered over the dark plain until it came to a cluster of adobe huts.
I recognized the village of Las Pasturas and my heart grew happy.
One mud hut had a lighted window, and the vision of my dream
swept me towards it to be witness at the birth of a baby.

I could not make out the face of the mother who rested from the pains of birth, hut I could see the old woman in black who tended the just-arrived, steaming baby. She nimbly tied a knot on the cord that had connected the baby to its mother's blood, then quickly she bent and with her teeth she hit off the loose end. She wrapped the squirming baby and laid it at the mother's side, then she returned to cleaning the hed, All linen was swept aside to be washed, hut she carefully wrapped the useless cord and the afterbirth and laid the package at the feet of the Virgin on the small altar. I sensed that these things were yet to he delivered to someone.

Now the people who had waited patiently in the dark were allowed to come in and speak to the mother and deliver their gifts to the baby. I recognized my mother's brothers, my uncles from El Puerto de los Lunas. They entered ceremoniously. A patient hope stirred in their dark, brooding eyes.

Bendíceme, Ultima

POR RUDOLFO ANAYA

Permítanme empezar por el principio. No me refiero al principio que estaba en los sueños, ni a las historias que murmuraban sobre mi nacimiento, ni a la gente en torno de mi padre ya de mi madre, ni a mis tres hermanos; hablo del principio que llegó con Última.

En el desván de nuestra casa había dos habitaciones pequeñas. Mis hermanas, Débora y Teresa, dormían en una y yo en el cubículo junto a la puerta. Los escalones de madera rechinaban cuando uno bajaba al pasillo que conducía a la cocina. Desde la parte alta de la escalera observaba claramente el corazón de nuestro hogar: la cocina de mi madre. Desde allí contemplaría la cara aterrada de Chávez el día que nos trajo la terrible noticia del asesinato del alguacil; vería cómo se rebelaban mis hermanos en contra de papá; y muchas veces, ya entrada la noche, vería a Última regresar del llano donde iba a recoger las hierbas que solamente pueden recortar las cuidadosas manos de una curandera a la luz de la luna llena.

La noche anterior a la llegada de Última me acosté en la cama muy quietecito y oí a mis padres hablar de ella.

¡Está sola —dijo él—. Ya no queda gente en el pueblecito de Las Pasturas.

Habló en español y el pueblo que mencionó era de donde él provenía. Mi padre había sido vaquero toda su vida, oficio tan antiguo como la llegada de los españoles a Nuevo México. Aún después de que los rancheros y los tejanos llegaron y cerraron las tierras del hermoso llano, él y los demás de la misma condición siguieron trabajando allí quizá porque sentían la libertad que sus almas necesitaban en aquella gran extensión de tierra.

—¡Qué lástima!— contestó mi madre mientras tejía a gancho la elaborada carpeta para el sofá de la sala.

Mi madre no era mujer de ahí; era hija de un campesino. No podía apreciar la belleza del llano y le era imposible comprender a los hombres toscos que se pasaban la mitad de la vida montados a caballo.

Después de mi nacimiento en Las Pasturas, mi madre convenció a mi padre para que dejara el llano y trajera a su familia a Guadalupe, donde dijo que habría más oportunidades y un colegio para nosotros. La mudanza fue causa debido a que los compadres de papá le perdieran estimación, pues eran vaqueros que se aferraban tenazmente a su manera de vivir y a su libertad. No había lugar en el pueblo para los animales, por lo que papá tuvo que vender su pequeño hato, pero no quiso hacerlo con el caballo; prefirió regalárselo a un buen amigo, Benito Campos. Pero Campos no podía mantenerlo encerrado, porque de alguna manera el animal se sentía muy cerca del espíritu de mi padre, así que lo dejaron rondar libre.

No había vaquero en el llano que lo lazara. Era como si alguien se hubiera muerto y todos desviasen la mirada de aquella alma que vagaba por la tierra.

Mi padre estaba dolido en su orgullo. Veía cada vez menos a los compadres. Se fue a trabajar a la carretera, y los sábados, después de cobrar el salario, bebía con sus campaneros de trabajo en el Longhorn, mas nunca llegó a intimar con los hombres del pueblo. Algunos fines de semana, los llaneros llegaban por provisiones y los viejos amigos, como Bonney o Campos o los hermanos González, pasaban a visitarlo. Entonces sus ojos cobraban brillo mientras todos bebían, platicaban de los tiempos idos y se contaban viejos cuentos. Pero cuando el sol teñía las nubes de naranja y oro, los vaqueros trepaban a sus camiones y partían rumbo al hogar, y mi padre se quedaba sin compañía en la soledad de la noche. El domingo por la mañana se levantaba con una cruda tremenda y se quejaba de tener que asistir temprano a misa.

—Última ayudó a la gente toda su vida y ahora esa gente se ha dispersado como matas secas volando con los vientos de la guerra. La guerra absorbe todo hasta dejarlo seco —decía mi padre solemnemente—. Se lleva a los jóvenes al otro lado del mar y sus familias se van a California, donde hay trabajo.

—¡Ave María Purísima...! —mamá hizo la señal de la cruz por mis tres hermanos que se habían ido a la guerra—. Gabriel —le dijo a papá—, no es bueno que la Grande esté sola ahora que está vieja.

—No —convino él.

—Cuando me casé contigo y fuimos al llano a vivir juntos y a formar familia, yo no hubiera podido sobrevivir sin la ayuda de la Grande. ¡Ah! esos años fueron muy duros.

—Fueron años muy buenos —la contradijo mi padre y mi madre no replicó.

—No había familia a la que ella no ayudara —continuó mi madre—. Tampoco vereda que se le hiciera demasiado larga para caminarla hasta el final y sacar a alguien de las garras de la muerte, y ni siquiera las tormentas del llano le impedían llegar al lugar donde habría de nacer un niño.

—Es verdad.

—Ella me atendió cuando nacieron mis hijos —yo sabía que posaría su mirada brevemente en mi padre—. Gabriel, no podemos dejarla vivir sus últimos días en la soledad.

—No —dijo papá—. Así no se porta nuestra gente.

—Sería un gran honor brindarle un hogar a la Grande —murmuró mamá.

—Mi madre, por respeto, se refería a Última como la Grande. Significaba que la mujer era vieja y sabía.

——Ya mandé a Campos decirle a Última que se venga a vivir con nosotros —dijo él con gran satisfacción, pues supo que así complacía a mi madre.

—Lo agradezco —dijo ella con ternura—. Quizá podamos pagarle a la Grande un poco de toda la bondad que ella le ha prodigado a tanta gente. —¿Y los niños? —preguntó mi padre, quien se preocupaba por mí y por mis hermanas porque Última era curandera, sabía de hierbas y remedios de los antepasados. Mujer milagrosa que curaba a los enfermos. Se oía el rumor que Última era capaz de liberar a la gente de las maldiciones de las brujas, y exorcizar a las personas poseídas por el mal. Y puesto que una curandera tiene tales poderes, había la sospecha de que ella misma practicaba la brujería.

Me estremecí y se me haló el corazón con solo pensarlo. La gente contaba muchas historias sobre el mal que podían causar las brujas.

—Si ella ayudó a que nacieran mis hijos, no puede traerles más que el bien —contestó mi madre.

—Está bien —bostezó papá—. Iré a recogerla por la mañana.

Así quedó establecido que Ultima vendría a vivir con nosotros. Yo supe que mis padres hacían lo correcto al brindarle un hogar. Era costumbre darles casa y sustento a los viejos y a los enfermos. En la seguridad y el calor de familiares, siempre había un sitio de más para ofrecerlo a quien lo necesitara, fuera extraño o amigo.

Broad and Alien Is
the World

CIRO ALEGRÌA

Rosendo Maqui was coming back from the hills where he had gone in search of some herbs the wisewoman had ordered for his old wife. The truth is that he went because he also liked to test the strength of his muscles against the steep slopes, and then once he had mastered them, to fill his eyes with horizons. He loved the broad spaces and the magnificent grandeur of the Andes. He rejoiced in the sight of snow-covered Urpillau, hoary and wise as an old Inca sage; rough, tempestuous Huarca, a warrior in perpetual struggle with the mist and the wind; serried Huillac, in which an Indian sleeps forever, face upward to the sky; crouching Puma, like a mountain lion poised to spring; pudgy Suni, of peaceful habits and somewhat ill at ease among its neighbors; pastoral Mamay, spread out in multicolored slopes of planted fields with hardly a rock showing from which to view the distance; and this one, and that one, and the other . . . .

The Indian Rosendo attributed to them all the shapes and characters imaginable, and he spent long hours watching them. Deep within him, he believed that the Andes held the baffling secret of life. He gazed at them from one of the foothills of Taita, or Father Rumi, a peak whose summit of blue rock thrust toward the sky like a lance. It was not so high as to be crowned with snow, nor so low as to make its ascent easy. Exhausted by the soaring force of its bold summit, Rumi flowed downward on both sides in blunt peaks that were easier to climb. Rumi means *stone* and its high slopes were mottled with blue stones, almost black, like moles among the yellow rustling hay fields. Just as the severity of the peak softened into the lower hills, so the grim desolateness of its stones melted away on the slopes. These became clad, as they descended, in bushes, grassy patches, trees, and tillable fields. Down one of its sides went a gentle ravine in all the rich beauty of its thick woods and its torrent of clear water. Rumi was both forbidding and gentle, stern and friendly, solemn and benign. The Indian Rosendo believed that he understood its physical and spiritual secrets as though they were his own. Or rather, those of his wife, for love is a stimulus to knowledge and possession. Except that his wife had grown old and sick while Rumi was always the same, haloed by the prestige of immortality.

"Which is better," Rosendo tried to decide, "the earth or woman?"

He had never thought it through clearly, but he loved the earth very much.

It was on his return from these hills that the snake had crossed his path with its augury of misfortune. The road wound, full of curves, like another snake twisting down the slope. Rosendo Maqui, by looking hard, could make out the roofs of some of the houses. Suddenly the gentle oncoming wave of a ripe wheat field stopped short before him, then began again in the distance, and came toward him once more with its soft rhythm.

The gentle undulation was an invitation to the eye, and the man sat down on a huge stone. The wheat field was turning yellow, though it was still green in patches. It looked like one of those strange lakes of the mountains, showing all the colors of the rainbow from the refraction of the light. The heavy stalks swayed gently, with a little crackle. And in a moment Rosendo felt that the weight had lifted from his heart and that everything was beautiful and good like this waving field. This brought him serenity, and he decided that the omen was a forewarning of something inevitable to which the only response was resignation. Would it be the death of his wife? Or his own? After all, they were both very old and it was time for them to die. Everybody's turn comes. Could it be that some ill was to befall the community? Possibly. Yet he had always tried to be a good mayor.

From where he was sitting at the moment he could see the village, the modest and strong center of the community of Rumi, owner of much land and cattle. The road dropped down into a hollow to enter the town through a double row of little houses pompously called the Calle Real. At about the middle the street opened on one side into what was also known pompously as the Village Square. In the center of the square, shaded by an occasional tree, rose a sturdy little church. The houses had roofs of red tile or gray thatch, and the walls were yellow or violet or red, depending on the color of the clay with which they were stuccoed. Each had its own garden patch in the back, sown in lima beans, cowpeas, vegetables, and bordered with leafy trees, prickly pears, and magueys. It was a delight to see the gay picture the village made, and still more delightful to live there. What does civilization know? Of course, it can deny or affirm the excellence of this kind of life. Those who had made it their business to live here had known, for centuries, that happiness comes from justice, and justice from the common good. This had been established by time, force of tradition, man's will, and the unfailing gifts of the earth. The villagers of Rumi were content with their lot.

This is what Rosendo felt at this moment—felt rather than thought, although, at bottom, these things formed the substance of his thought—as he looked down on his native lares with satisfaction. On the rising slopes, on both sides of the road, the abundant wheat waved lush and tall. Beyond the rows of houses and their many-colored gardens, in a more sheltered spot, the corn rose tasseled and rustling. The sowing had been large and the harvest would be good.

The Indian Rosendo Maqui squatted there like an ancient idol. His body was gnarled and brown as the lloque—the knotted, iron-hard trunk—because he was part plant, part man, and part rock. His thick lips were set in an expression of serenity and firmness under his flat nose. Behind his hard, jutting cheekbones shone his eyes, dark quiet lakes. The eyebrows were like beetilingcrags. It was almost as though Rosendo Maqui were cast in the image of his geography; as though the turbulent forces of the earth had fashioned him and his people in the likeness of the mountains. His temples were white, like those of Urpillau. Like the mountain, he was a venerable patriarch. For many years, so many now that he could not remember them exactly, the villagers had kept him in the office of mayor, or head of the community, with the assistance of four selectmen who were not changed either. The village of Rumi said to itself, "The one who gives good advice today will give good advice tomorrow," and left the best men in their posts. Rosendo Maqui had shown himself to be alert and dependable, fair in his decisions and prudent.

He liked to recall how he had become, first, selectman and then mayor. A new field had been planted in wheat, and it came up so thick and grew so rank that the green of it looked almost blue. Then Rosendo went to the man who was mayor at that time.

"Taita," he said, "the wheat is growing so rank that it is going to fall, and the grain will rot on the ground and be no good."

The mayor had smiled and had consulted with the four selectmen who also smiled. Rosendo persisted.

"Taita, if you are in doubt, let me save half of it."

He had to argue with them a long time. Finally the council accepted his plan, and half of the big wheat field that the villagers had worked to plant was mowed down. As they bent over their scythes, looking browner than ever above the intense green of the wheat, they muttered, "These are Rosendo's newfangled ideas."

"A waste of time," grumbled others.

But time had the last word. The mowed part came up again and stood erect. The untouched half, drunk with energy, grew top-heavy, toppled over, and lay flat on the ground. Then the villagers admitted he was right, saying, "You know, we'll have to make Rosendo a selectman."

Rosendo smiled to himself, for he had once seen the same thing happen at the Sorave Ranch.

He gave good service when they made him selectman. He was active and he liked to know everything that was going on, though he was always tactful about it. Once a strange case came up. An Indian named Abdon happened to buy an old shotgun from a gipsy. What he really did was to take it in exchange for a load of wheat and eight soles. But, as was to be expected, this fantastic deal did not end here. Abdon took up deer hunting. Shots echoed from hill to hill. Every afternoon he would come back with one or two deer. To some of the villagers this seemed all right; others thought that Abdon should not be shooting these innocent animals, and that he was going to arouse the anger of the hills. The mayor, an old man named Ananias Challaya, to whom the hunter always presented a loin of venison, held his peace. Not that the gift really had much to do with his silence; his idea of the best way to govern was to say nothing. Meanwhile, Abdon went on hunting and the villagers went on gossiping. The objections to the hunting increased. One day a contentious Indian named Pillco came before the mayor, backed up by several others, to register his protest.

"Why is it," he asked, "that Abdon can kill deer whenever he feels like it? Besides, since the deer eat the grass on the land that belongs to the community, he ought to divide the meat up between everybody."

Mayor Ananias Challaya remained thoughtful; here was a case where he did not know how to apply his silent form of government. At this point Selectman Rosendo Maqui asked permission to speak, and said, "I've been hearing this gossip and it's a pity the villagers waste their time like this. Abdon bought himself a shotgun because he wanted to, just the same as somebody else goes to town and buys a looking glass or a handkerchief. True, he kills deer; but the deer don't belong to anybody. Who can prove that the deer always feed on pasture that belongs to the community? They might have eaten for a while on a ranch nearby, and then have come over on our land. What's fair is fair. The property we hold in common is that which comes from the land we all work. The only one here who hunts is Abdon, and it's only right that he should enjoy the fruits of his skill. And I want to point out to you that times are changing and we can't be too strict. If Abdon isn't happy with us he'll get bored and he might even go away. We want everybody to feel happy here, as long as the general, interests of the community are respected."

Pillco and his friends, not knowing how to answer this speech, nodded their heads, and then went away saying, "He thinks straight and his words are good. He would make a good mayor."

It might be mentioned that from then on the venison changed their destination and went to Rosendo's house instead of the mayor's, and that other Indians, encouraged by Abdon's success, also bought themselves shotguns.

El mundo es ancho y ajeno

P O R   C I R O   A L E G R Ì A

Rosendo Maqui volvió de las alturas, a donde fue con el objeto de buscar algunas yerbas que la curandera había recetado a su vieja mujer. En realidad, subió también porque le gustaba probar la gozosa fuerza de sus músculos en la lucha con las escarpadas cumbres y luego, al dominarlas, llenarse los ojos de horizontes. Amaba los amplios espacios y la magnífica grandeza de los Andes. Gozaba viendo el nevado Urpillau, canoso y sabio como un antiguo amauta; el arisco y violento Huarca, guerrero en perenne lucha con la niebla y el viento; el aristado Huilloc, en el cual un indio dormía eternamente de cara al cielo; el agazapado Puma, justamente dispuesto como un león americano en trance de dar el salto; el rechoncho Suni, de hábitos pacíficos y un poco a disgusto entre sus vecinos; el eglógico Mamay, que prefería prodigarse en faldas coloreadas de múltiples sembríos y apenas hacía asomar una arista de piedra para atisbar las lejanías; éste y ése y aquél y eso otro. El indio Rosendo los animaba de todas las formas e intenciones imaginables y se dejaba estar mucho tiempo mirándolos. En el fondo de sí mismo, creía que los Andes conocían el emocionante secreto de la vida. Él los contemplaba desde una de las lomas del Rumi, cerro rematado por una cima de roca azul que apuntaba al cielo con voluntad de lanza. No era tan alta como para coronarse de nieve ni tan bajo que se lo pudiera escalar fácilmente. Rendido por el esfuerzo ascendente de su cúspide audaz, el Rumi hacía ondular a un lado y otro, picos romos, de más fácil acceso. Rumi quiere decir piedra y sus laderas altas estaban efectivamente sembradas de piedras azules, casi negras, que eran como lunares entre los amarillos pajonales silbantes. Y así como la adustez del picacho atrevido se ablandaba en las cumbres inferiores, la inclemencia mortal del pedrerío se anulaba en las faldas. Éstas descendían vistiéndose más y más de arbustos, herbazales, árboles y tierras labrantías. Por uno de sus costados descendía una quebrada amorosa con todo la bella riqueza de su bosque colmada y sus caudalosas aguas claras. El cerro Rumi era a la vez arisco y manso, contumaz y auspicioso, lleno de gravedad y de bondad. El indio Rosendo Maqui creía entender sus secretos físicos y espirituales como los suyos propios. Quizá decir esto no es del todo justo. Digamos más bien que los conocía como a los de su propia mujer porque, dado el caso, debemos considerar el amor como acicate del conocimiento y la posesión. Sólo que la mujer se había puesto vieja y enferma y el Rumi continuaba igual que siempre, nimbado por el prestigio de la eternidad. Y Rosendo Maqui acaso pensaba o más bien sentía, "¿Es la tierra mejor que la mujer?" Nunca se había explicado nada en definitiva, pero él quería y amaba mucho a la tierra.

Volviendo, pues, de esas cumbres, la culebra le salió al paso con su mensaje de desdicha. El camino descendía prodigándose en repetidas curvas, como otra culebra que no terminara de bajar la cuesta. Rosendo Maqui, aguzando la mirada, veía ya los techos de algunas casas. De pronto, el dulce oleaje de un trigal en sazón murió frente a su pecho, y recomenzó de nuevo allá lejos, y vino hacia él otra vez con blando ritmo.

Invitaba a ser vista la lenta ondulación y el hombre sentóse sobre una inmensa piedra que, al caer de la altura, tuvo el capricho de detenerse en una eminencia. El trigal estaba amarilleando, pero todavía quedaban algunas zonas verdes. Parecía uno de esos extraños lagos de las cumbres, tornasolados por la refracción de la luz. Las grávidas espigas se mecían pausadamente produciendo una tenue crepitación. Y, de repente, sintió Rosendo como que el peso que agobiaba su corazón desaparecía y todo era bueno y bello como el sembrío de lento oleaje estimulante. Así tuvo serenidad y consideró el presagio como el anticipo de un acontecimiento ineluctable ante el cual sólo cabía la resignación. ¿Se trataba de la muerte de su mujer? ¿O de la suya? Al fin y al cabo eran ambos muy viejos y debían morir. A cada uno, su tiempo. ¿Se trataba de algún daño a la comunidad? Tal vez. En todo caso, él había logrado ser siempre un buen alcalde.

Desde donde se encontraba en ese momento, podía ver el caserío, sede modesta y fuerte de la comunidad de Rumi, dueña de muchas tierras y ganados. El camino bajaba para entrar, al fondo de una hoyada, entre dos hileras de pequeñas casas que formaban lo que pomposamente se llamaba Calle Real. En la mitad, la calle se abría por uno de sus lados, dando acceso a lo que, también pomposamente, se llamaba Plaza. Al fondo del cuadrilátero sombreado por uno que otro árbol, se alzaba una recia capilla. Las casitas, de techos rojos de tejas o grises de paja, con paredes amarillas o violetas o cárdenas, según el matiz de la tierra que las enlucía, daban por su parte interior, a particulares sementeras—habas, arvejas, hortalizas—bordeadas de árboles frondosos, tunas jugosas y pencas azules. Era hermosa de ver el cromo jocundo del caserío y era más hermoso vivir en él. ¿Sabe algo la civilización? Ella, desde luego, puede afirmar o negar la excelencia de esa vida. Los seres que se habían dado a la tarea de existir allí, entendían, desde hacía siglos, que la felicidad nace de la justicia y que la justicia nace del bien de todos. Así lo habían establecido el tiempo, la fuerza de la tradición, la voluntad de los hombres y el seguro don de la tierra. Los comuneros de Rumi estaban contentos de su vida.

Estos es lo que sentía también Rosenda en ese momento—decimos sentía y no pensaba, por mucho que estas cosas, en último término, formaron la sustancia de sus pensamientos—al ver complacidamente sus lares nativos. Trepando la falda, a un lado y otro del camino, ondulaba el trigo pródigo y denso. Hacia allá, pasando las filas de casas y sus sementeras variopintas, se erguía, por haberle elegido esa tierra más abrigada, un maizal barbado y rumoroso. Se había sembrado mucho y la cosecha sería buena.

El indio Rosendo Maqui estaba encuclillado tal un viejo ídolo. Tenía el cuerpo nudoso y cetrino como el lloque—palo contorsionado y durísimo—porque era un poco vegetal, un poco hombre, un poco piedra. Su nariz quebrada señalaba una boca de gruesos labios plegados con un gesto de serenidad y firmeza. Tras las duras colinas de los pómulos brillaban los ojos, oscuros lagos quietos. Las cejas era una crestería. Podría afirmarse que el Adán americano fue plasmado según su geografía; que las fuerzas de la tierra, de tan enérgicas, eclosionaron en un hombre con rasgos de montaña. En sus sienes nevaba como en las del Urpillau. Él también era un venerable patriarca. Desde hacía muchos años, tantos que ya no los podía contar precisamente, los comuneros lo mantenían en el cargo de alcalde o jefe de la comunidad, asesorado por cuatro regidores que tampoco cambiaban. Es que el pueblo de Rumi le decía, "El que ha dao guena razón hoy, debe dar guena razón mañana," y dejaba a los mejores en sus pestos. Rosendo Maqui había gobernado demostrando ser avisado y tranquilo, justiciero y prudente.

Le placía recordar la forma en que llegó a ser regidor y luego alcalde. Se había sembrado en tierra nueva y el trigo nació y creció impetuosamente, tanto que su verde oscuro llegaba a azulear de puro lozano. Entonces Rosendo fue donde el alcalde de ese tiempo. "Taita, el trigo crecerá mucho y se tenderá, pudriéndose la espiga y perdiéndose." La primera autoridad había sonreído y consultado el asunto con los regidores, que sonrieron a su vez. Rosendo insistió, "Taita, si dudas, déjame salvar la mitá." Tuvo que rogar mucho. Al fin el consejo de dirigentes aceptó la propuesta y fue segada la mitad de la gran chacra de trigo que había sembrado el esfuerzo de los comuneros. Ellos, curvados en la faena, más trigueños sobre la intensa verdura tierna del trigo, decían por lo bajo, "Estas son novedades del Rosendo." "Trabajo perdido," murmuraba algún indio gruñón. El tiempo habló en definitiva. La parte segada creció de nuevo y se mantuvo firme. La otra, ebria de energía, tomó demasiado altura, perdió el equilibrio y se tendió. Entonces los comuneros admitieron, "Sabe, habrá que hacer regidor al Rosendo." Él, para sus adentros, recordaba haber visto un caso igual en la hacienda Sorave.

Hecho regidor, tuvo un buen desempeño. Era activo y le gustaba estar en todo, aunque guardando la discreción debida. Cierta vez se presentó un caso raro. Un indio llamado Abdón tuvo la extraña ocurrencia de comprar una vieja escopeta a un gitano. En realidad, la trocó por una carga de trigo y ocho soles en plata. Tan extravagante negocio, desde luego, no paró allí. Abdón se dedicó a cazar venados. Sus tiros retumbaban una y otra vez, cerros allá, cerros arriba, cerros adentro. En las tardes volvía con una o dos piezas. Algunos comuneros decían que estaban bien, y otros que no, porque Abdón mataba animalitos inofensivos e iba a despertar la cólera de los cerros. El alcalde, que era un viejo llamado Ananías Challaya y a quien el cazador obsequiaba siempre con el lomo de los venados, nada decía. Es probable que tal presente no influyera mucho en su mutismo, pues su método más socorrido de gobierno era, si hemos de ser preciso, el de guardar silencio. Entre tanto, Abdón seguía cazando y los comuneros murmurando. Los argumentos en contra de la cacería fueron en aumento hasta que un día un indio reclamador llamada Pillco, presentó, acompañado de otros, su protesta, "¿Cómo es posible óle dijo al alcalde— que el Abdón mate los venaos porque se la antoja? En todo caso, ya que los venaos comen el pasto de las tierras de la comunidá, que reparta la carne entre todos." El alcalde Ananías Challaya se quedó pensando y no sabía cómo aplicar con éxito aquella vez su silenciosa fórmula de gobierno. Entonces fue que el regidor Rosendo Maqui pidió permiso para hablar y dijo, "Ya había escuchao esas murmuraciones y es triste que los comuneros pierdan su tiempo de ese modo. Si el Abdón se compró escopeta, jue su gusto, lo mesmo que si cualquiera va al pueblo y se compra un espejo o un pañuelo. Es verdad que mata los venaos, pero los venaos no son de nadie. ¿Quién puede asegurar que el venao a comido siempre pasto de la comunidá? Puede haber comido el de una hacienda vecina y venido después a la comunidá. La justicia es la justicia. Los bienes comunes son los que produce la tierra mediante el trabajo de todos. Aquí el único que caza es Abdón y es justo, pues, que aproveche de su arte. Y yo quiero hacer ver a los comuneros que los tiempos van cambiando y no debemos ser muy rigurosos. Abdón, de no encontrarse a gusto con nosotros, se aburriría y quién sabe si se iría. Es necesario, pues, que cada uno se siente bien aquí, respetando los intereses generales de la comunidá." El indio Pillco y sus acompañantes, no sabiendo cómo responder a tal discurso, asintieron y se fueron diciendo, "Piensa derecho y dice las cosas con guena palabra. Sería un alcalde de provecho." Referiremos de paso que los lomos de venado cambiaron de destinatario y fueron a dar a manos de Rosendo y que otros indios adquirieron también escopetas, alentados por el éxito de Abdón.

About the Illustrators

ANA LÓPEZ ESCRIVÁ: Ana was born in Madrid, Spain, in a family of painters. She grew up surrounded by brushes, pencils and crayons. She learned to draw at home, with her parents. She has been illustrating books for more than 20 years and her works have been published both in Spain and in the United States. She lives in Madrid with her husband, her two sons, a cat and a dog.

LUIS FERNANDO GUERRERO: Luis Fernando was born in Mexico City in 1960. He graduated as an Architect at the Universidad Metropolitana Azcapotzalco, received a Master Degree in Monuments Restoration from the Instituto Nacional de Antropología e Historia and obtained a Doctorate in Graphic Design by the Universidad Autónoma Metropolitana Azcapotzalco. He is a teacher at the Universidad Autónoma Metropolitana Azcapotzalco. His work as an illustrator has been widely published and he has received several awards as an illustrator. His paintings has been exhibited in several countries, including the United States.

MARGARET RINGIA HART: Margaret Ringia Hart received her B.A degree at Hope College in Holland, Michigan. She has continued her art education at the Art Institute of Chicago and Rhode Island School of Design. Margaret's individual style of vibrant colors and intricate patterns is influenced by her travels in New England, New Mexico, Spain, Italy and Mexico. She lives in Evanston, Illinois with her husband, Steve, and her infant son, Thomas.

ALEX LEVITAS: Alex Levitas was born in 1956 in Tashkent (Uzbekistan). He studied History and Literature at the University of Taskent. He lives in a kibutz in Israel since 1990 where he works as an illustrator. His first illustrated book was published in 1993. Since then, he has published more than 30 books, basically in classical and children's literature.

RUTH ARACELI RODRIGUEZ: Ruth was born in Mexico. She studied Graphic Design at the "Universidad Autónoma Metropolitana". She has illustrated several books both in Mexico and the United States and works as a freelancer with several magazines and newspapers.

SHANNON WORKMAN: Shannon Workman got her B.F.A. degree in painting at Brigham Young University. She's pursuing a career as a painter and as a children's book illustrator. Her hobbies, besides art, include reading, hiking, rock-climbing, cooking, and spending time with her family. She lives in Chicago with her husband and two daughters.